KB035262

한 문장

김언 시집

문학과지성사

문학과지성사에서 펴낸 김언의 시집

모두가 움직인다(2013)
거인(2021, 시인선 R)

문학과지성 시인선 504

한 문장

초판 1쇄 발행 2018년 1월 8일
초판 8쇄 발행 2023년 7월 6일

지 은 이 김언
펴 낸 이 이광호
펴 낸 곳 ㈜문학과지성사
등록번호 제1993-000098호
주   소 04034 서울 마포구 잔다리로7길 18(서교동 377-20)
전   화 02)338-7224
팩   스 02)323-4180(편집) 02)338-7221(영업)
전자우편 moonji@moonji.com
홈페이지 www.moonji.com

ⓒ 김언, 2018. Printed in Seoul, Korea

ISBN 978-89-320-3054-8 03810

지은이는 2015년 아르코문학창작기금을 수혜했습니다.

이 도서의 국립중앙도서관 출판예정도서목록(CIP)은 서지정보유통지원시스템 홈페이지
(http://seoji.nl.go.kr)와 국가자료공동목록시스템(http://www.nl.go.kr/kolisnet)에서
이용하실 수 있습니다. (CIP제어번호: CIP2017035722)

문학과지성 시인선 504

한 문장

김언

한 문장

차례

1부

지금

　지금 말하라. 나중에 말하면 달라진다. 예전에 말하던 것도 달라진다. 지금 말하라. 지금 무엇을 말하는지. 어떻게 말하고 왜 말하는지. 이유도 경위도 없는 지금을 말하라. 지금은 기준이다. 지금이 변하고 있다. 변하기 전에 말하라. 변하면서 말하고 변한 다음에도 말하라. 지금을 말하라. 지금이 아니면 지금이라도 말하라. 지나가기 전에 말하라. 한순간이라도 말하라. 지금은 변한다. 지금이 절대적이다. 그것을 말하라. 지금이 되어버린 지금이. 지금이 될 수 없는 지금을 말하라. 지금이 그 순간이다. 지금은 이 순간이다. 그것을 말하라. 지금 말하라.

있다

나는 슬퍼하고 있고 슬퍼지고 있고 슬프고 있고 그래
서 슬프다. 사이사이 다른 감정이 끼어든다. 영원히 지속
될 것처럼 기쁨이 있고 환희가 있고 절망이 있고 분노가
있고 비굴함이 있고 순식간이 있고 나는 다 빠져나왔다.
다 빠져나와서 빠져 있다. 사이사이에 낀 찌꺼기를 빼내
려는 노력도 빠져 있다. 한꺼번에 들어가 있고 조금씩 나
오고 있고 구석구석 빠지고 있고 겁에 질리고 있다. 고뇌
에 차고 있고 소름 끼치고 있고 해롭고 있다. 그것은 불
안인가? 불안하려고 있다. 불안하고자 있다. 비참하고자
있고 참담하고자 있고 담담하고자 있었다. 그것을 슬퍼
하고자 있는 사람에게 슬퍼하려고 있다. 슬퍼하려는 공
간에 있다. 가득하려는 공간에 있다. 그래서 슬픈가? 나
는 다 빠져나왔다. 다 빠져나와서 비고 있다. 죽은 것이
죽고 있다.

있다

나뭇잎이 푸르고 있다. 짙푸르고 있다. 진푸르고도 있다. 간혹 연푸르고도 있는 나뭇잎이 올라가면서 더 푸르고 있다. 올라가면서 가늘고 있는 나뭇가지가 더 올라가면서 가늘고 있다. 여름 한창을 가늘고 있다. 여름이 가늘고 있다. 낮이 가늘고 있다. 한낮이 사라져 있다. 온데간데없이 있다. 부지런히 도착해 있다.

고향

아주 멀고 조금 더 멀다. 조금 더 멀고 아마 더 멀 것이다. 조금도 가깝지 않다. 조금 더 가깝지 않은 곳에 있다. 조금 더 가깝지 않은 것이 조금 더 있다. 조금 더 있으려고 조금 더 빠져 있다. 조금씩 빠지고 있다. 다시 빠지고 있다. 다시 빠져나와야 있다. 있는 것만 알고 있다. 없는 것도 알고 있다. 어디든지 어디에도 없는 것이 있다. 조금 더 있고 아마 더 있을 것이다. 그걸 생각하려고 더 있을 것이다. 여기서 조금도 가깝지 않다. 거기서도 아주 멀다. 조금 더 깊은 자국이 생겼다. 그걸 밟고 간다. 하마터면 지나쳤을 것이다.

저것이 가을인가?

저것이 가을인가 묻는다. 파랗고 있는 것을. 싸늘하고 있는 것을. 두 귀가 아프고 있는 것을. 가을인가 묻는다. 기막히고 있고 눈부시고 있고 붉고도 있는 저것이 가을인가 묻는다. 가난하고 친하고 떨리고 있는 저것이 가을인가 묻는다. 어쩌면 틀리고 있는 저것이 그래서 맞으려고 있는 저것이 더 맞으려고 있는 저것에게 가을인가 묻는다. 위험하고 천만하고 외롭고도 있는 저것을 가을인가 묻는다. 저것이 저것에게 저것을 오 저것으로 부르는 저것에게 가을인가 묻는다. 무안하고 무색하고 뚝 떨어지고 있는 저것이.

결정

나는 결정하지 못하고 있다. 결정하지 못하는 걸 결정하고 있다. 무엇을 결정하지 못하는가? 무엇을 결정하지 못해야 하는가? 내 결정은 결정을 미루고 있다. 미루는 것조차 결정하지 못하고 있다. 못 하고 있는 것을 결정하는 것. 그래서 안 하고 있는 것을 결정하는 것. 안 하고 있고 못 하고 있고 유예되는 결정을 결정하는 것. 그것을 따르고자 결정은 그렇게도 오래, 자주, 번번이 결정되지 못하고 있다. 한사코 결정을 거부하는 결정. 그것을 따르고 있다. 나는 무엇을 결정할 것인가? 그 말은 무엇을 결정하지 않을 것인가? 사랑하는 것도, 건강해지는 것도, 죽어가는 것도, 내가 알 수 없는 사람의 내가 알 수 없는 후회도 모두 결정을 기다리고 있다. 웃으면서 기다리고 있고 울면서도 기다리고 있고 기다리는 줄도 모르게 기다리고 있는 결정을 나는 기다리지 못하고 있다. 기다림도 결정이므로. 어서 답을 달라. 나는 그 질문을 못 하고 있다. 어서 질문을 달라. 나는 그 약속을 못 지키고 있다. 못 지키는 약속 앞에서 더 깊이, 더 깊이 결정하고 있다. 문을 두드리면서 거기 과연 문이 있었는가를 결정하고 있다.

불변

　2 더하기 2는 이미 4였다. 나는 이미 황인종이었고 아버지는 아직 죽어 있다.

　가장 무거운 말도 할 수 없는 나는 줄곧 침대에서 일어나고 있다.
　다행히 아직도 떠나지 않은 그가 있었다.
　그때 붙잡았더라면

　내가 아직 이렇게 살고 있지는 않을 텐데
　벌써 4였다. 나는 이미 어린아이였다. 그 침대가 이미 새것이듯이

　아직도 떠나지 않은 그가 갑자기 종로 쪽으로 걷고 있었다.
　저쪽 뺨을 맞으러 간다고 했다.

중

어떤 슬픔도 없는 중이다. 슬픔이 많아서 없는 중이다.
없는 중에도 슬퍼하는 중이다. 슬퍼하는 중을 외면하는
중이다. 다 어디로 가는 중인가. 다 어디서 오는 중인가.
아무도 가로막지 않는 중이다. 아무도 가로막을 수 없는
중이고 오고 있다. 슬픈 중에도 슬픈 중과 함께 더 슬픈
중이 돌아가고 있다. 돌려주고 싶은 중이다. 되돌리고 싶
은 중이고 중은 간다. 슬픈 중에도 고개 한 번 끄덕이고
고개 한 번 돌려보고 가는 중이다. 오지 말라는 중이다.
가지 말라고도 못 한 중이다. 너는 가는 중이다. 없는 중
이다.

폭발

폭탄이 터졌다. 리듬이 깨졌다. 폭탄의 리듬은 가끔 온다. 아주 가끔 온다. 전혀 오지 않을 때도 있지만 오기는 온다. 어디선가 오고 언젠가는 오고 그것이 나의 리듬과 만나지 않기를 바라면서 길을 건넌다. 찻길을 건너고 다리를 건너고 또 어디를 건너야 폭탄의 리듬을 만나지 않을 수 있을까?

폭탄은 거기서 터진다. 폭탄의 리듬을 완전히 잊은 후에야 터진다. 폭탄의 리듬. 폭탄의 멎을 듯한 리듬. 무엇이라도 멎어야 박동하는 리듬. 먹먹하고 막막하고 묵묵해져서야 도로 뱉어내는 리듬. 리듬의 싸움에서 나는 졌다. 리듬의 싸움에서 지지 않으려고 도망가는 리듬. 쫓아가는 리듬. 앞질러 가는 리듬. 뒤처지는 리듬. 그래봤자 어수선한 리듬의 한가운데서

나는 멈춰 섰다. 몇천 년은 거기 서 있었던 것처럼 나무가 서 있고 건물이 서 있고 공원이 서 있고 분수가 서 있고 공중이 서 있고 거기에도 사람이 서 있다. 마치 떠 있는 것처럼 십 년이고 백 년이고 떠 있을 사람들이 잠시 후 날아간다. 더 멀리 더 멀리 내가 서 있는 곳에서 한 사람이 서 있다가 날아갔다.

균열

순간은 계속해서 균열이 갈 것이다. 균열도 계속해서 균열이 갈 것이다. 가루보다 더 작은 가루. 연기보다 더 가는 연기가 더 가늘고 있을 것이다. 공기보다 더 희박한 공기가 더 희박하게 더 희박하게 압박하는 희박. 압박받는 희박. 희박은 희박하면서 희박하고 있고 희박해 있고 이미 희박하기 시작한 모든 것을 더 희박한다. 더 희박하게 희박하고 더 희박하면서 희박은 더 희박의 단계를 미루고 미루면서 더 미루어 있는 희박의 더 다음 단계. 더 먼 단계. 더 광활한 단계를 더 광활하게 공활하게 올라가는 연기는 연기의 자격으로 더 가늘고 있고 더 가늘면서 퍼지고 있고 퍼지고 있고 안 보이고 있다. 순간은 거기서도 균열이 갈 것이다. 다른 입자가 있고 다른 운동이 있고 다른 정지가 안 보이고 있다.

그 생각

그 생각을 하려니까 혀끝이 간질간질하다. 그 생각을 들으려니까 귓속이 근질근질하다. 그 생각을 만지려니까 내 손이 먼저 떨고 있다. 그 생각이 무언가? 그 생각이 무엇이기에 알아서 벌벌 떨고 있는 내 발이 움직이지 않는 걸까? 땅바닥에 붙은 것처럼 꿈쩍도 하지 않는 발바닥을 떼려고 하니까 그 생각이 먼저 와서 녹는다. 언제 얼음이라도 얼었냐는 것처럼 녹고 있는 물을 얼마나 더 녹여야 그 생각이 바뀔까? 만질 수 없는 물을 더 만질 수 없는 물로 옮겨 가는 생각을 얼마나 더 만져야 손이 멈출까? 방금 전까지 벌벌 떨고 있던 손을 다른 손이 붙잡고 거두어 간다. 둘 다 떨고 있기는 마찬가지인 손을 끝까지 다독이려는 그 말도 혀끝에서 몰래 떨고 있기는 마찬가지다. 내 귀는 그 말을 삼키려고 아직도 열려 있고 떨고 있다. 어떤 말이 와서 쾅 하고 닫힐 때까지.

중지하는 사람

듣고 말하는 사람이 있다. 읽고 쓰는 사람이 있고 먹고 싸는 사람이 있다. 어느 하나도 중지할 수 없는 사람이 있다. 나는 매일같이 중지하는 사람이다. 먹다가 중지하고 싸다가 중지한다. 하다가 중지하고 닦다가도 중지하는 사람. 그런 사람이 있다. 나는 그런 순간에 있다. 중지하다가도 중지하는 걸 멈추는 사람. 그런 사람이 되고 싶다고 쓰고 중지한다. 그런 사람이 될 수 없다고 말하고 중지한다. 그런 사람이 먹는 것은 또 얼마나 먹어대는지 싸대는지도 중지하면서 생각한다. 나는 중지할 수 없는 사람이다. 나는 중지하다가 미치는 사람이다. 얼마나 미쳤는지는 중지한 순간에 안다. 중지한 순간에 미치는 사람이 미쳐서 날뛰다가도 중지하는 순간이 온다. 중지는 무섭다. 중지는 불안하다. 중지는 오래 붙어 있지를 못한다. 중지는 영원히 중지하는 사태를 미연에 중지하고 있다. 앞으로도 중지할 것이다. 이 모든 것을 중지하는 순간에도 중지하는 글쓰기가 있다. 중지하지 못하는 말이 있다. 어떤 말이든 중지를 모르고 달려간다. 중지를 향해 중지를 밟고 넘어가는 중지의 긴 행렬이 중지답게 이어지다가 끊어지다가 어느 순간 멈추었다. 행렬은 끝이 있다.

기나긴 행렬은 중지를 모르는 행렬 앞에서 중지한다. 얼마나 걸어왔는지도 모르게 쉬고 있는 행렬. 중지의 행렬. 중지를 일으켜 세우는 행렬. 이미 주저앉은 행렬. 도무지 일어날 줄을 모르는 중지의 행렬 가운데 나라도 끼어 있다면 중지가 달라졌을까. 중지는 중지하는 순간에도 움직인다. 중지한 다음에도 중지를 향해서 간다. 중지는 계속 미루고 있다. 중지의 순간을 위해 중지만큼 헌신적인 동지도 없겠지만 중지하는 순간은 일어난다. 언제 그랬냐는 듯 중지는 그치고 일어났다. 중지를 탈탈 털고 일어났다. 중지는 모여 있다. 중지는 쌓여 있고 산적한 중지를 단 하나라도 중지시키기 위해 중지가 온다. 중지답게 뿔뿔이 흩어져서 온다. 중지는 겨우 모여 있다. 중지가 어떻게 중지될지 너는 아는가? 중지는 모른다. 나는 아는가? 중지는 괴롭다. 그 모든 중지를 대표해서 중지가 온다. 중지답게 온다. 나는 무척 중지했던 사람이라고 온다. 무척 중지했다가 그쳐버린 사람이 온다. 그가 와서 이 말을 그치고 있다. 그만 중지하자고 있다.

2부

어원

해는 희다가 생겨났다.

불은 붉다가 밝다가 생겨났다.

놋쇠는 노랗다가 누렇다가 눌어붙으면서

생겨났다. 노을은 노랗거나 누렇거나 검붉거나

걸어가다가 생겨났다. 그믐은

눈을 감다가 생겨났다. 검정이 대부분을 차지하다가

생겨났다. 풀은 푸르고 꽃은 피다가 생겨났다. 잎도 생

겨났다.

한 포기씩 두 포기씩 더 많은 연기가

올라가다가 생겨났다. 그 검댕이

그을다가 생겨났다.

북방의 말*

　우리는 추워서 추운 말을 한다. 극도로 추워지면 극도로 추운 말을 하겠지만, 그 전에 먼저 객사하지 않기 위해서라도 따뜻한 남쪽의 말과는 다른 말이어야 한다. 우리는 남쪽을 떠나왔다. 내 말도 남쪽을 떠나왔다. 당연히 이 말을 듣고 있는 당신도 남쪽을 떠나온 사람의 말을 하고 있다. 점점 추워지는 말을 익히고 있다. 익혀서 먹는 말을 배우고 있다. 구워서 먹는 말도 충분히 구워서 먹은 다음 우리는 떠난다. 내 말도 떠난다. 더 북쪽으로 떠나는 말 가운데 과연 몇이나 살아남을까? 몇이나 살아남아서 우리들 말을 들려줄까? 당신이 얼어 죽지 않기를 바란다. 이 말은 당신의 말이 여전히 입김과 함께 흘러나와서 굴러다니고 돌아다니기를 바란다는 뜻이다. 공중에서 얼어붙지 않는 말. 공중에서 그대로 굳어버린 말을 어떻게든 녹여 먹는 방식으로 연명하는 무리들 중 일부는 더 북쪽으로 올라오는 길을 포기했다. 거기서도 말은 충분히 춥다. 거기서도 더없이 추운 말을 뱉어내고 있다. 우리는 더없이 추운 곳에서 떠나왔다. 더없이 추운 곳에서 더없이 추운 곳으로 옮겨가는 말은 대부분 얼어 죽거나 대부분이 눈 속에 파묻힌 채 매장되겠지만, 그중의 한 사람이라도 입김이 남아 있다면 더 절박한 추위를 더 절박한 눈에 담아서 씨를 퍼뜨릴 것이다. 눈 속에서도 자라는 식물. 불가능하지만은 않다. 눈 속에서도 싹을 틔우는 식물. 이미 목격하고 있다. 눈 속에서도 눈을 헤치면서 달려가는 발자국. 우리가 쫓아가는 발자국이자 우리가 방금 전에 먹고 남긴 비상식량. 얼마 남지 않은 그 말의 일부는 언제든지 더 북쪽으로 올라가서 싹을 틔울 것이다. 발자국을 남길 것이다. 그 전에 먼저 죽지 않는 씨앗이 이 말 속에 들어 있다. 이 말과 함께 전진하고 있다. 흩어지듯이 흩어지듯이 더 멀리까지 올라가서 다시 내려오는 말을 건설하고 있다. 아주 단단한 얼음이 될 것 같다. 아주 날카로운 비명도 가능할 것 같다. 동강 나기 쉬운 무기는 동강 나기 쉬운 무기로 대처하면 된다. 우리는 어중간한 말을 좋아하지 않는다. 부러지거나 똑바로 서 있는 말을 좋아한다. 살아 있지 않으면 죽어 있는 말도 원하지 않는다. 우리는 더 추운 말을 원한다. 극도로 배고픈 말을 참고 있다.

* 장 자크 루소의 「북방 언어의 형성」을 읽고서.

내가 말하는 동안

　내가 말하는 동안 연기가 꺼졌다. 내가 말하는 동안 나뭇잎이 떨어지고 누군가 유혹에 넘어가서 그의 여자가 되었다. 아무렴 어떤가. 내가 말하는 동안인데 누가 누구를 유혹하고 공격하든 그것은 내가 말하는 동안 벌어지는 일. 내가 말하면서 통제하는 동안에도 소요는 일어나고 시위는 격렬해지고 부상자는 어제보다 두 배 이상 늘었다. 사망자가 생겼다는 말은 여태 하지 않았다. 내가 말하는 동안에도 협상은 결렬되고 대치는 지속되고 한밤중의 응급실에 정체불명의 시체가 도착하는 동안에도 내 말은 쉬지 않고 입을 연다. 연기를 내보내고 입김을 뿜어 올리면서 지금이 겨울인가 묻는다. 지금이 여름이라도 묻는다. 어차피 한밤중인데 그사이 새벽으로 옮겨오고 아침으로 옮겨와서도 사망자의 신원은 밝혀지지 않고 미상이다. 불명이다. 아무렴 어떤가. 내 말은 나뭇잎 하나도 까딱하지 않았는데 우수수 떨어지는 나뭇잎은 분명히 푸르다. 푸른색이 지나쳤다. 나는 그걸 말하고 싶었을 뿐이고 내가 말하는 동안 자연스럽게 취소되었다. 잎은 더 이상 떨어지지 않는다. 연기는 더 이상 올라가지도 않는다. 나는 그것을 지그시 밟아서 껐다. 조용히 한 사람의 마음을 밟아서 끄듯이. 그 마음을 일일이 나열하자니 내 말이 너무 길다. 내 말은 짧아야 한다. 내가 말하는 동안에도 세상은 짧게 짧게 순간을 바뀌간다. 짧게 짧게 내가 건드리는 모든 말을 개의치 않고 연기는 올라간다. 아까 전에 올라갔던 그 연기를 취소하고 삭제하고 무시하면서 올라간다. 이제 그 연기를 건드리고 싶다. 떨어졌던 나뭇잎이 다시 올라간다. 푸른색이 지나쳐서 아직은 연녹색인 그 나뭇잎을 내가 왜 사랑했을까. 마음에 두었을까. 이런 말을 생략하는 동안에도 나뭇잎은 푸르다. 분명히 푸르다. 푸른색이 지나쳐서 눈에 띄지 않는 군복을 입은 자들이 야산에 주둔하고 있다는 말도 만약을 대비해서 준비해두고 있다. 내가 말을 하는 동안에도 숙영지에서는 보이지 않는 연기가 피어오르고 있다. 순간순간 정세를 바뀌가며 어딘가의 밤하늘을 덮어간다.

내가 없다면

내가 없다면 누가 있겠는가. 이렇게 말하는 내가 없다면 이렇게 묻는 누가 있겠는가. 누가 있어서 내 말을 하겠는가. 누가 있어서 내 말을 온전히 받아낼 수 있겠는가. 누군가는 한다. 일부라도 한다. 내 말의 일부이자 네 말의 일부이자 자기 말의 일부로서 그가 존재한다. 마치 내가 존재하듯이. 그렇다면 내가 없다면 나의 일부는 어디로 가는가. 나의 일부는 어디에 남아서 누구의 생각을 지배하는가. 나는 이 말에 지배당하고 있다. 이 질문에 감당을 못 하고 있다. 내가 없다면 누구라도 감당할 것 같은 이 말에 지배당하는 누가 다시 있겠는가. 누구라도 있다. 무엇이라도 있다면 그걸 붙잡고 늘어질 한 사람의 일부. 두 사람의 사이. 세 사람의 반목과 오해와 믿음과 의심 사이에서 벌어지는 이 모든 나의 일부를 누가 이해하겠는가. 나는 못 한다. 너도 못 한다. 그 역시 포기하고 있다. 좌절하기 위해서 내가 있다. 실패하기 위해서라도 네가 있다. 그걸 확인하기 위해서라도 그가 있음을 증명하는 방식으로 내가 있다. 내 말이 있고 너의 말이 있고 그걸 받아서 써 내려가는 누군가의 날랜 손놀림이 있다. 그 손과 함께 내 손이 있다면 일부라도 있다면 네 손 역시 독창성에서 한없이 자유로운 범사가 되리라. 범사의 일부를 이루는 고유한 익명이 되리라. 눈과 함께 내리는 눈의 일부를 받아 적는 여러 사람의 손이자 단 한 사람의 손놀림. 비와 함께 내리는 비의 전부를 받아쓸 수 없는 단 한 사람의 손이자 모든 사람의 기록으로 비가 온다. 눈이 내린다. 내가 없다. 그럼 누가 있겠는가.

판결

A면이 있고 B면이 있다. 어느 쪽을 들어도 상관없는 손이 있다. 이 손은 악수하기 위한 것. 그리고 이 손은 그것을 막기 위한 것. 어느 쪽이든 상관없으니 손을 내밀어라. 손바닥이 있고 손등이 있다. 어느 쪽이든 용도가 있고 세계가 있다. 주먹이 있고 손가락이 있다. 어느 쪽이든 얼굴을 향해 가는 손이 있다. 때릴 것인가. 찌를 것인가. 어루만질 것인가. 어느 쪽이든 안면이 있다. 뒷면이 있고 뒤통수가 있고 거기에도 감정이 실리는 표정이 있다. 무척이나 화가 난 머리가 있다. 머리카락이 있고 떨어지는 낙엽 하나에도 갈망하는 기색이 역력한 뒷모습이 있다. 감정을 감추어라. 너의 등에서. 너의 견갑골에서 분노를 삭이는 하루를 감추고 이틀을 감추고 너는 걸어간다. 지구 끝까지 걸어갈 것처럼 앙금이 남아 있다. 그것이 무언가? A면이 있고 B면이 있다. 어느 쪽을 들어도 상관없는 노래가 있다. 침묵이 있다. 과묵이 있다. 둥둥 떠다니는 기름이 있다. 한없이 가라앉은 기분이 있다. 무엇에도 현혹되지 않는 내일이 있다. 모레가 있다. 앞으로는 오지 않는. 뒤에서도 오지 않는. 어느 쪽에서도 반기지 않는 과거가 있다. 잘못이 있다. 잘잘못이 있다. 그걸 가릴 생각이 없

는 손이 있다. 손으로 가리키는 세계가 있다. 손바닥으로 뒤집는 세계가 있다. 어느 쪽이든 탁자를 내리치는 주먹이 있다. 퍼렇거나 벌겋거나 거멓게 멍들어가는 얼굴과 함께 나는 자리를 떴다. 어느 쪽으로 갈 것인가? 이쪽 벽이 있고 저쪽 벽이 있다. 맞닿아 있다.

유리창

　그 말은 유리창에 와 부딪치고 있었다.* 차라리 깨져 버렸다면 들리지 않았을 것이다. 유리창이 깨지면서 내는 소리가 그 말을 덮어버렸을 텐데, 아직도 들린다. 유리창을 흔들고 있다. 바람 소리는 아니다. 바람 소리였다면 바람 소리대로 그 말을 옮겼을 것이다. 바람의 말. 바람의 문장. 이런 소리는 내 귀가 알 바 아니다. 알아서 차단하는 소리는 알아서 차단되는 말을 만들어낸다. 바람이 분다. 창문을 흔드는 바람 소리는 지금도 들을 수 있지만 지금도 유리창에 와 부딪치는 말과는 소리부터 다르다. 나는 다른 소리를 듣고 있다. 다른 말이 들리고 있다. 다른 말을 듣고 싶어 하는 귀가 있다. 그 말을 기다리고 있는 귀가 유리창을 향해 있다. 무슨 소리가 들리는가? 그 것은 말이다. 내게 도착한 말이다. 도착해서 반복되는 말이다. 귓가를 맴돌고 혀끝을 맴도는 그 말이 창밖으로 어떤 형상을 만들어내고 어떤 형상이 찢어지는 소리를 만들어내고 종이처럼 얇은 그 형상이 괴로워서 내는 소리를 반복하고 있다. 손에 잡힐 듯이 가까이 와서 들려주고 있다. 그는 언젠가 내가 괴로워했던 사람처럼 보인다. 그는 언젠가 내가 몹시도 동경했던 사람처럼도 보인다. 그

34

는 언젠가 사람이 아니 되고 싶었던 사람인지도 모른다. 그는 언젠가 죽지 못해 내가 될 수밖에 없었던 사람일 수도 있다. 죽지 못해 내가 되었던 그가 지금도 창밖에 있고 유리창에 있고 깨지지 않는 소리를 내고 있다. 그가 돌아갈 때까지 깨지지 않는 소리가 있다. 깨질 때까지 돌아가지 않는 소리가 있었다.

* 앙드레 브르통.

추모식

이 노래는 죽어 있다. 이 친구도 죽어 있다. 살아 있어 본 적이 없는 사람 같다. 당연히 그의 목소리도 죽어 있고 그의 행동거지도 하나같이 죽어 있기 마련인데 왜 죽은 사람 같지 않나? 멀쩡히 살아 있어서 죽었다고 말 못하는 사람들이 하나둘 늘어가면서 그는 더욱 죽어간다. 한정 없이 시간을 늘이면서 죽어간다. 매 순간을 늘일 대로 늘이다가 죽어간다. 언젠가는 죽어간다. 이런 신념도 없이 죽어가는 자를 거의 죽은 거나 진배없는 자를 죽었다고 말하지 않고 살았다고도 말하지 않고 뭐라고 불러야 할지 난감할 때도 그는 죽어간다. 그는 이미 죽은 사람이지 않는가. 살아날 가망이 도무지 없는 사람이지 않는가. 손을 떼면서 그는 죽어간다. 두 손을 모으고도 그는 죽어간다. 만세를 부를 때도 그는 이미 죽은 자의 손을 들고 있었다. 산 사람의 손이었다면 더 오래갔을까. 더 오래 남아서 만세 삼창을 지금까지도 하고 있을까. 그는 죽은 채로 부른다. 그는 죽은 채로 거기 있다. 곧 소생할 사람처럼 그를 살리려는 모든 손길을 그가 거부하지 않을 때도 그는 죽어간다. 앞으로도 죽어갈 것이다. 뒤에서도 이미 죽은 사람의 손이 그를 떠받치고 있다. 떠밀고 있는

것처럼도 보인다. 어서 죽자고 같이 죽자고 그를 밀어내
는 손이 그를 붙잡고 놓아주지 않을 때도 그는 죽어간다.
죽어가는 것만 같다. 살아서는 달리 방도가 없는 사람처
럼 죽어가는 자세를 얼마나 많이 고쳐왔는지 그는 모른
다. 살아서는 모른다. 해마다 그가 아니라는 것만 알고
있다.

자유의지

　나는 내 의지로 거기 있다. 거기서 헤어 나오질 못하고 있다. 순전히 내 의지로 조종당하고 있다. 순전히 내 의지로 사경을 헤매고 있고 순전히 내 의지로 기적에서 깨어났다. 순전히 내 의지로 눈이 내린다. 순전히 내 의지로 모르는 명단에 있다. 거기서 정착하는 일이 얼마나 부질없고 힘든 일인지는 순전히 내 의지로 모른다. 알아봤자 모르는 사람들이 순전히 내 의지로 들어왔다가 나간다. 순전히 내 의지로 기억되고 있다. 순전히 내 의지로 줄을 서고 멈출 수 없다. 순전히 내 의지로 기차가 온다. 순전히 내 의지로 버스는 출발했고 비행기는 멈춰 있다. 순전히 내 의지로 무관하고 무의미하고 무성의하고 어쩐지 축제 같다. 아침마다 오는 발기의 순간도 순전히 내 의지로 감퇴했다. 짜릿하게.

인상

내 얼굴은 팔짱을 끼고 있다. 표정도 과묵하게 서 있는 것 같다. 뭔가 불만이 있다는 표시는 말을 해야 아는가?

차라리 아랫도리로 말하는 게 빠르겠다. 훤히 드러난 이마로 들이받는 게 현명하겠다.

두상이 잘생겼군요. 이런 소리를 들으려고 못마땅한 얼굴을 쥐어짜고 있는 것이 아닌데. 너무 쥐어짜서 도무지 풀 수 없는 팔짱을 끼고 있는 것이 아닌데.

듣고만 있다. 내 눈이 감겨 있다면 생각하고 있는 것이 아니다. 주장하고 있는 것이다. 내 입이 닫혀 있다면 굳어 있는 것이 아니다.

조용히 혀를 내밀고 있다. 전시하는 것처럼

나는 무엇이든 고개를 젓다가 멈추었다. 한없이 멈추고 있다. 어쩌면 한두 사람이 아닐지도 모른다.

여러 사람이 고개를 젓다가 멈추었다. 그대로 실패한 작품을 보듯이.

이미지

이미지를 불러올 수 없어서 상자가 있다. 이미지가 있어야 할 자리에 상자가 있다. 조심해야 할 상자.

이미지를 불러올 수 없어서 이 꽃병은 금이 갔다. 아무도 모르게 간신히 부딪혔다.

이미지를 불러올 수 없어서 내 나이 스물한 살이었고 곧 마흔이다. 차근차근 물방울이 맺혔다.

이미지를 불러올 수 없어서 추적추적 비가 내리고 눈이 내리고 그 아래 사람이 있다.

이미지를 불러올 수 없어서 안개 속에 있고 한 번 더 말한다.

이미지를 불러올 수 없어서 어제는 생일이었고 돌아가는 친구들에게 일일이 당부했다. 언제 올 거냐고. 이미지를 불러올 수 없어서

새빨간 장미가 있고 거짓말이 아닌 것 같다. 이미지를 불러올 수 없어서 수수방관에도 철학이 있고 할 말이 있고 대체로 알아서 온다.

알아서들 간다. 이미지를 불러올 수 없어서 골짜기와 언덕에 처음 와보는 무덤이 있고 자유가 있고 그곳은 지하다.

지하에서 온다. 이미지가 있어야 할 자리에 작은 상자가 있다.

한계

자신이 겪고 있다. 고통이 겪고 있고 책임자도 겪고 있다. 지방에서 겪고 있고 장례식에서도 겪고 있다. 포옹하면서 겪고 있고 식사하면서 겪고 있고 가장자리에서도 겪고 있다. 장엄한 물결 위에서 겪고 있고 온갖 오물들이 겪고 있다. 덩어리째 겪고 있다. 지푸라기도 겪고 있고 일찌감치 겪고 있다. 사랑하면서 겪고 있고 도망치면서 겪고 있다. 찬물에서 겪고 있고 망설이면서 겪고 있다. 헤어지면서 겪고 있고 최선의 방식으로 겪고 있다. 여행하면서 겪고 있고 어쩌다가 찍힌 사진에서도 겪고 있다. 분명 아무도 없는 곳으로 간다고 했는데 거기서도 겪고 있다. 누가 겪고 있는가? 무엇이든 겪고 있고 검은 수면을 내려 보다가 겪고 있다. 처음 보는 물건이 겪고 있다.

나와 이것

　나와 이것은 함께 다닌다. 나와 이것은 함께 움직이고 함께 잠든다. 일어나도 함께 일어나는 나와 이것을 묶어 주는 말은 나와 이것밖에 없다. 나와 이것은 여러모로 불편하지만 따로 떨어진 적이 없다. 오해받아도 함께 오해받고 고통을 받아도 함께 받는다. 나와 이것은 둘이지만 그 둘을 각각 지시하는 말은 아무런 소용이 없음을 나와 이것은 잘 알고 있다. 서로가 나와 이것을 이해하고 있다. 각자가 나와 이것을 용납하지 못한다면 나와 이것은 더 이상 나와 이것이 될 수 없다. 나와 이것은 함께 다닌다. 어떤 길에서도 나와 이것을 마주치는 사람은 나와 이것이 나왔다고 반가워하거나 경계하거나 불쾌해한다. 심하게 놀라는 사람도 있지만 나와 이것은 당연하게 여겨야 하고 당연하게 여기지 않으면 당신이 더 놀란다. 놀라는 당신은 한두 사람이 아니다. 놀리는 당신도 한두 사람이 아니지만 당신에게는 없는 나와 이것을 부러워하는 당신도 간혹 있다. 한둘은 있고 서넛도 있고 더 살펴보면 더 있을 수도 있는 나와 이것에 호감을 가진 자가 얼마나 더 있을지는 장담할 수 없다. 나와 이것은 나와 이것밖에 모른다. 몰라야 한다고 스스로 다짐하면서 나와 이것은 각자에게 말한다. 서로에게도 말한다. 그러지 않으면 죽는다고. 못 견뎌서 죽고 못 참아서도 죽고 더는 못 살 것 같아서도 죽는 많은 이들에게 나와 이것은 말한다. 미안하지만 나와 이것밖에 없다고. 나와 이것밖에 없는 얼굴로 몰골로 형상으로 변해가는 나와 이것의 상태는 불안하지만 불안하게라도 있고 위험하지만 위험해서라도 더 잠자코 있는 나와 이것의 성격은 아직도 불화 중이다. 당연하게도 나와 이것은 하나가 아니다. 나와 이것밖에 없지만 나와 이것 안에는 또 얼마나 많은 나와 이것이 있는가. 그걸 이해 못 한다면 이렇게 묻고 싶다. 당신 안에는 얼마나 많은 당신이 있는가. 얼마나 많은 짐승이 있고 인간이 있고 얼마나 많은 흉기가 있는가. 당신 안에 있는 그 많은 생소한 물건과 신체는 또 얼마나 많은 지시를 기다리고 있는가. 기다리지 않아도 나와 이것은 있다. 나와 이것의 모든 면모를 합하여 나와 이것이 있고 모자라게도 있고 충분하게도 있고 분에 넘치게도 나와 이것은 아직까지 살아 있다. 거의 기적적으로 오늘을 넘어가고 있다. 나와 이것이 언제 끝날지는 나와 이것은 모르고 각자도 모르고 서로도 모른다. 하물며 당신들이야 한두 사람이 아니니 한두 사람에게 물어볼 일도 아니다. 모두가 궁금해하고 모두가 무관심해하는 나와 이것은 나와 이것에 대해 걱정한다. 더는 걱정하지 말자고 걱정스러운 말투로 각자를 위로하고 서로를 다짐하고 마침내 잔다. 나와 이것의 긴 하루가 끝났다. 불을 끄기 위해 팔을 뻗는 나와 이것이 잠깐 어둠 속에서 서로를 더듬었다. 각자의 느낌이 동일했다. 나와 이것 사이에 나와 이것이 누울 만한 긴 침대가 누워 있다.

당신과 그것

　당신은 그것 없이는 못 산다고 말한다. 나도 그것 없이는 못 산다고 말하지만 당신만큼은 아니다. 나한테는 이것이 있으니까. 나와 이것이 있듯이 당신과 그것이 있다. 한 몸처럼 붙어 다니는 물건이 있고 당신이 있고 덩어리가 있다. 한 덩어리 당신을 말하면서 그것을 말하지 않는 방식. 당신은 모른다. 그것도 모른다. 모르니까 말한다. 그것에 대해서. 당신과 그것에 대해서 내가 말하는 방식을 당신과 그것은 어떻게 이해할까? 나와 이것에 대해서도 수많은 오해와 편견과 굴욕이 있었듯이. 좌절하는 당신은 당신과 그것을 묶어서 말한다. 당신과 그것이 어떤 길을 걸어왔으며 어떤 기운을 주고받았으며 마지막으로 어떤 종말을 향해 가는지에 대해서 당신과 그것은 쉬지 않고 떠들었다. 당신의 입으로 그것의 마지못한 발성기관으로 당신과 그것이 튀어나왔다. 나와 이것은 받아들일 수가 없다. 나와 이것이 아니므로 당신과 그것은 당신과 그것에게만 통한다. 누구와도 통하지 않는다. 무엇과도 통할 수 없는 그것이 당신에게 있고 당신과 있다. 당신과 그것에게 전하고 싶은 말도 그것이다. 그것이 아니라면 또 누가 당신이겠는가. 적어도 나는 아닌 것 같다.

당신만큼은 아닌 것 같다. 당신과 그것이 신물 날 때까지
당신은 귀를 닫고 그것을 막고 조용히 떠들었다.

그것 없이도

　그것 없이도 담배를 피울 수 있다. 그것 없이도 전화를 할 수 있으며 전화를 받을 수도 있다. 그것 없이도 친분은 쌓인다. 그것 없이도 사랑은 성사되고 같이 살 수도 있다. 그것 없이도 훌륭한 결혼식과 장례식이 얼마나 많은가. 그것 없이도 일어서는 국가와 정부와 정당과 무소속의 국회의원들이 얼마나 많은가. 그것 없이도 잘 살고 있는 옛 애인에게 그것 없이도 문득 연락을 취할 수 있지만 편지는 보내지 않는다. 만나자고도 하지 않는다. 그것 없이도 우리는 얼굴을 볼 수 있고 외면할 수도 있고 몸서리칠 수도 있다. 그것 없이도 망각했던 이름이 얼마나 많은데 그것 없이도 십여 년 만에 우연히 마주친 그를 우연히 알아보고 악수하고 포옹하고 반갑게 돌아서면서 곧 잊는다. 그것 없이도 사람은 많다. 그것 없이도 보고 있는 사람은 많다. 보기 싫은 사람도 많다. 보지 않는 사람도 많고 볼 수 없는 사람은 그것 없이도 더 많다. 그것 없이도 많은데 그것 없이도 적지 않은 친구들이 이 겨울을 견디고 있다. 그것 없이도 겨울은 춥다. 몹시도 추운 겨울을 그것 없이도 내리는 눈과 함께 언제나 가려나 지켜보고 있다. 그것 없이도 방은 차갑고 냉랭하고 냉정한 두 사람 사이에 알 수 없는 불꽃을 틔운다. 전선을 형성한다. 그것 없이도 싸움은 잠잠하고 전쟁은 여태 경험 못 한 것 중 하나이고 그것 없이도 나는 무사히 군 복무를 마쳤다. 그것 없이도 나는 국민이다. 그것 없이도 시민이고 그것 없이도 충분히 사람이지만 그것 없이도 사람에 대한 기대를 일찌감치 접었다. 그것 없이도 혼자 있다. 그것 없이도 혼자서 비슷하고 혼자서 다투고 그것 없이도 욕실 바닥이 낭자한 꿈을 꾸었다. 그것 없이도 씩씩하다. 그것 없이도 고매하다. 그것 없이도 튼튼하고 가지런한 치아를 거울 속에서 본다. 그것 없이도 썩어가는 화분이 있다. 그것 없이도 태어나는 조카가 있다. 그것 없이도 용돈을 주고 용돈을 받고 늙어가는 어머니가 그것 없이도 살아 계신다. 그것 없이도 아버지는 일찌감치 세상을 접었다. 그것 없이도 세상을 엎을 것 같던 기세가 그것 없이도 말기에는 형편없이 쪼그라드는 사태를 충분히 보았다. 그것 없이도 죽음은 온다. 그것 없이도 삶이 온다. 그것 없이도 시간을 보낼 수 있다. 그것 없이도 꼼짝하지 않는 시간을 그것 없이도 관통하는 사람들의 말은 그것 없이도 터널처럼 깊은 비유를 만들어낸다. 그것 없이도 터널 끝에는

끝이 있다. 그것 없이도 되풀이되는 사랑을 그것 없이도
지겨워하고 참고 인내하고 끝내는 그것 없이도 돌려보낸
다. 그것 없이도 산다는 말을 왜 진작 믿지 못했을까? 그
것 없이도 너는 산다. 그것 없이도 내가 살고 그것 없이
도 담배는 담배로 연기는 연기로 말끔히 비워지는 재떨
이를 그것 없이도 매일같이 치운다. 그것 없이도 할 일을
다했다. 내 도리를 다했다. 더 무엇이 필요한가? 그것 없
이도 잠이 든다. 그것 없이도 잠이 깊다. 그것 없이도 일
어나고 그것 없이도 두 번 다시 일어날 수 없는 하루를
반겨야 하리라. 그것 없이도 하루가 간다. 그것 없이도 영
하의 날씨가 그것 없이도 다시 영하다. 긴 겨울이고 긴
밤이고 그것 없이도 그것은 간다. 충분히 간다.

나와 저것

나는 저것과 싸워야 한다. 문밖에 있는 저것과 싸워야 한다. 보이지 않는 저것과도 싸워야 한다. 내 발밑에 있는 이것과도 싸워야 하듯이 저것이 있다. 저것은 하나가 아니다. 하나가 아니라 여럿이 저것과 싸워야 한다. 저것은 문밖에 있다. 문밖에서 언제 들어올지 모르는 저것의 형상과 싸워야 한다. 저것의 자세와 기질과 알 수 없는 예정과 싸워야 한다. 저것은 문을 두드리고 들어온다. 저것은 문을 열어젖히면서 들어온다. 저것은 들어오지 않고서도 들어와서 있는 것처럼 있다. 저것은 저것대로 괴롭다. 저것은 저것대로 외롭다고 있다. 저것은 저것대로 사람이 아니다. 저것은 저것대로 할 말이 있다. 저것은 저것대로 답답한 저것을 견디고 있다. 저것은 저것대로 견디고 있는 저것을 나한테만 전가하지 않기를 바라는 저것이란 것을 도무지 모른다. 저것은 저것이다. 저것은 저것대로 힘들다. 저것은 저것대로 언제 문을 열고 들어올지 모른다. 저것이 나를 신경 쓰이게 한다. 저것이 나를 방해하고 있다. 저것을 죽여라. 저것의 생각을 죽이려고 살고 있다. 살기 위해서 죽이고 있는 것. 저것이 있다. 저것과 있다. 저것과 살려고 저것을 맞추고 있다. 저것과 맞추고 있고 저것과 맞추지 못해 저것이 있고 여전히 있고 앞으로도 있고 언제라도 있는 저것을 퍽이나 부담스러워하면서 저것을 사랑한다. 저것은 살려고 있다. 저것과 살려고 있다. 저것을 싫어하는데 저것이 좋단다. 좋다는 말도 좋단다. 싫다는 말도 좋다는 저것은 저것대로 논리가 아니다. 이상하게 꿰어 맞춘 감동도 아니다. 느닷없이 예정된 충격도 아니다. 저것은 아니다. 저것이 아니라면 저것대로 아니다. 저것대로 저것은 사물이고 물건이고 이상하다. 내가 손댈 수 없는 물건은 내가 손댈 수 없는 자리에서 저것이다. 이상하고 수상하고 꽤 저것답게 있다. 꽤 저것답게 늙어간다. 꽤 저것답게 들어와서 있다. 저것을 넣으려고 얼마나 많은 저것을 허비했는가. 얼마나 많은 저것을 데려와서 방치했는가. 저것은 있다. 변하려고 있고 상하려고 있다. 죽지도 않고 있다. 저것이 있다. 내가 죽고 나서야 저것이 없다는 사실이 변함없이 있다. 얼마든지 있다. 앞으로도 있고 죽어서도 있다. 저것이 문을 꽝 닫고 나가는 순간에도.

52

3부

고용

나는 너를 고용했다. 당분간 나 대신 살아줄 것을 부탁하는 말투로 명령했다. 그는 이미 나를 살고 있다. 나를 대신하여 너를 버리고 그를 버리고 나를 살고 있는 그에게 내가 전해줄 말은 딱히 없다. 이미 나를 대신한 나이므로. 나는 스스로 묻고 답하는 과정만 남은 그에게 다시 부탁하는 말투로 명령했다. 나를 대신해서 나를 죽여달라고. 그는 마지못해 그 자신을 칼로 찔렀다. 내가 죽기를 바라는 마음으로 행해진 그 절차에서 살아남은 사람은 그가 아니다. 나도 아니다. 너는 무슨 염치로 살아 있겠는가. 대신 살아줄 사람을 찾아야겠지. 부탁하고 또 부탁해야겠지. 죽고 싶다는 말로.

친구

일을 하는 동안만 너는 내 친구다. 일이 없는 동안에는 친구도 없다. 일 때문에 만난 친구가 일 때문에 헤어지고 나서 다시 일을 찾는다. 그건 새로 친구를 사귀는 일이기도 하다. 그 일은 친구가 지속될 때까지만 한다. 그 일은 그러다가 끝나버렸다.

친구 하나를 잃고 나는 수당을 받는다. 6개월간은 혼자 지낼 수 있다. 업무 없이도 지내는 사람이 친구가 없어서 일을 찾는다. 내 친구는 매번 그렇게 다시 찾아온다. 일 없이는 오지 않는 친구를 나 역시 반길 만한 여력이 없다. 여력이 없으면 지금이라도 일을 찾아라. 일하려는 친구는 널려 있다. 무슨 일이든 너와 친구하려고 있다. 그래서 든든한가? 그래서 만족스러운가?

다 친구하기 나름이다. 괴로운 친구는 괴롭게만 있다가 일을 그만두었다. 외로운 친구는 외로운 친구 앞에서 매번 오래가는 일을 찾는다. 그래봤자 평생을 못 가는 일이다. 평생을 함께하는 친구가 어디 있겠는가? 그걸 참아주는 친구는 어느 직종에서도 못 봤다. 친구는 친구대로 외롭다.

외로워서 매번 다른 일을 찾고 있다. 이번에는 나도 꽤

오래 견뎠던 것 같다. 그 친구를. 참으로 매정하고 다정했
던 너를 다시 만나고 싶은 생각은 없다. 친구라면 모를까.

물

　물방울 하나가 물방울 하나를 만나러 간다. 둘은 물이다. 둘은 물이고 한동안 만난 적이 없다. 만나면 어떻게 인사할까? 일단은 포옹부터 먼저 하겠지. 그리고 떨어지지 않겠지. 반갑다고 껴안은 것이 지겹다고 소리치는 장면으로 옮겨가겠지. 어느 쪽이든 먼저 떨어지려고 난리를 치겠지. 그게 눈에 보이는가. 그게 귀에 들리는가. 아무런 차이도 없는 발버둥과 흐느낌과 그럼에도 떨어지지 못하는 둘 사이를 물이 가른다. 물이 갈라놓고 있다. 물은 물 때문에 헤어졌다. 물은 물을 찾아가서 위로받고 있다. 다른 이유가 있을까?

가족

잊기 위해서 들어가는 집이 있다. 배우기 위해서 다시 나오는 집이 있고 모르기 위해서 다시 들어가는 집이 있지만 모르는 걸 어떻게 배우겠는가. 들어가고 나올 뿐이다. 그 집에서 내가 이해받는 방식도 마찬가지로 들어오고 나갈 뿐이다. 너라는 인간은 집을 모른다. 배운 적도 없고 잊은 적도 없다. 이해를 바라고만 있다. 너처럼 생각하는 집을 우리는 모른다. 배운 적도 없고 가르친 적도 없다. 나가라. 들어왔으면 나가고 나갔으면 잊어라. 잊기 위해서 들어가는 그 집을 잊지 못해 너는 다시 들어온다. 마지못해 우리가 있다.

부음

그로부터 여름이
그로부터 밤이
그로부터 아침이

왔다.
엄숙이 떠났다.
무척이 떠났다.

가장이 떠나고
고생이 떠났다.
많이도 떠났다.

매우 떠나는 것이
보였다.
굉장히 보였다.
몹시도 보였다.

너무도 보이고
다시는

안 보였다.

그로부터 공포가
그로부터 흑백이
그로부터 짙음과
옅음이

옳고
그름이

떠났다.
견줄 수 없이 떠났다.
가장 싫어하는 것이

가장 큰 원인이
제일 먼저
돌아오지 않았다.

그로부터 돌아오는 밤이

그로부터 돌아오는 아침이
얼마나 많은 여름이.

모닥불

　나는 나의 어머니로서 말한다. 당신은 당신의 친구로서 말한다. 그는 그의 아들이 되어 말하고 있다. 이렇게 어머니와 친구와 아들이 만나서 말하는 동안 나는 어디로 갔고 당신은 어디에 있으며 그는 언제쯤 아들을 대신해서 다시 올까? 나의 어머니가 나의 안부를 묻고 있다. 당신의 친구가 당신의 소식을 전하고 있다. 그의 아들이 그를 외면하면서 고개를 젓고 있다. 그럴 리가 없습니다. 아버지는 자식을 두지 않았습니다. 완벽하게 혼자였던 친구는 어느 친구도 모르게 사라졌습니다. 도대체 어디로 간 거니? 살아 있다는 소식만 들어도 편히 눈감을 텐데, 아들아. 나는 나의 어머니로서 운다. 당신은 당신의 친구로서 고개를 젓는다. 그는 그의 아들로서 그를 기다리지 않는다. 그가 없었다면 나도 없었을 이 불씨를 질끈 밟아서 끄고 있다.

모습

이 모습과 저 모습을 겹쳐놓으면 한 사람이 된다.
저 모습과 다른 모습을 겹쳐놓아도 한 사람이다.
마찬가지로 다른 모습과 또 다른 모습을 겹치면서
나는 한 사람이다.

나는 한 사람을 안다. 그의 모습을 알고
그의 다른 모습을 알고 그 또한 그라는 걸 알고
손을 내민다. 언제든지
손을 내밀 준비가 되어 있다. 너는

손을 내밀다가 멈추었다. 다른 사람이란 걸 확인하고
다른 모습을 떠올리다가 마저 내밀었다.
손은 다른 사람과 인사하고 있다.
손은 다른 모습과 악수하고 있다.

그게 한 사람이란 걸 알 때까지
아주 짧은 시간이 흘렀고 아주 긴 시간이
지나갔고 한 사람이 죽을 때까지

그는 나의 모습을 의아해할 것이다.
나는 그의 모습을 눈에 담았다.
어쨌든 한 사람이라고
고개를 끄덕이다가
고개를 가로젓다가

미처 못 챙겨 온 나의 모습을 생각하다가
잠들었다. 한 사람이 자고 있다.
얼굴이 너무 많이 변했다.
잠자는 모습도 그가 아니다.

그럼에도 한 사람이 자고 있다.
나의 한평생 동반자라는 사람이
방금 전까지 누워 있다가 나갔다.
내가 잠든 모습을 보고.

가족

그들은 함께 살고 있고 나는 울지 않는다.
써야 할 글들이 많다는 것도 알고
정체를 알 수 없는 먼지가 무럭무럭 기어 나온다.

많으면 억제하고 적으면 촉진하는
기분에 따라 많은 책상을 돌아다녔다.
어느 의자가 더 비어 있는지
서 있는 사람이 누워 있는 사람에게 물어본다.
작아져라 더 작아져라 기도하면서

함께 살아야 할 시간이 많다는 것도 알고
아무도 참석하지 않는 회의 시간에
기대하지 않던 문장 하나가 마침표를 찍었지만

손이 떨린다.
내가 아는 시체는 모두 그런 식으로 생겼고
쪽지에서 용기를 내라는 소리가 들렸다.

그물에 붙잡힌 연기가 어떻게 살아남는지

그들의 손이 증명하고 남은 손을 씻고 나왔다.
멀고 먼 화장실에서

전철을 타고 버스를 타고
남아 있는 시간을 걸어서 혼자 도착하고 있다.
우리는 같은 공간을 돌아다닌다. 식사 시간에도

머뭇거리는 손을 닮아가고 깊이를 알 수 없는
거짓말을 사랑한다. 비슷하게 생겼지만
서로 다른 귀가 존재한다.

그들은 함께 살고 있고 화내지 않는다.
각자의 침대로 돌아가서
혼자 있는 얼굴을 베고 잤다.

응시

　그는 늙어가면서 외롭게 서 있었다. 우연히 사진에 찍혔다. 그걸 그라고 말할 수 있을까. 그걸 그라고 말하는 순간에도 그는 침묵하고 있었고 그걸 그라고 말하지 않는 순간에도 그는 걷고 있었다. 사진 속에서 그는 키가 커 보였고 먼 곳을 응시하는 것처럼 보였고 눈이 내리고 있었다. 잡음처럼 먼지가 섞이고 있었고 그의 주위를 떠다녔다. 여러 단어를 뭉치면 그 말고도 몇 안 되는 그의 친구들까지 지시하겠지만 그들은 하나씩 둘씩 모두 죽었다. 어떤 방식으로든 그들은 떠났다. 의미 있는 순간은 끝도 없는 속삭임 속에 파묻혔다. 그 옆에서 듬직하게 서 있던 타인의 얼굴도 동료의 어깨도 담배를 피우며 술을 마시며 저마다 다르게 부스러지고 허물어지는 소리도 따지고 보면 하나도 다르지 않은 방식으로 환하게 웃던 한 때의 여인들도 전혀 모습을 드러내지 않는 방식으로 그는 서 있다. 그건 그였다. 그는 키가 커 보였고 먼 곳을 응시하는 것처럼 보였다. 사진 속에서 그는 먼지에 둘러싸여 있었고 먼지보다 굵은 소음에 휩싸여 떠다니는 것 같았다. 어두워지고 늙어가고 눈이 내리고 있었다. 그렇게 말한다고 해서 그가 응시하던 것을 말할 수 있을까. 아는 것은 별개의 문제다. 보는 것도 별개의 문제다. 그는 보고 있었고 그가 아니라고 할 만한 곳으로 뚜벅뚜벅 걸어가고 있었다. 비어 있지 않으면 먼 곳을 보는 표정으로.

사이

그날 아침에는 집과 사무실 사이에 있었다.

그날 점심에는 사무실과 인근의 식당 사이에 있었다.

인근의 식당과 사무실 사이에도 있었다.

그날 오후에는 사무실과 카페 사이에도 있었다.

두 번 정도 아니 세 번 정도 있어도 그만 없어도 그만인

사이에 있었다. 그날 저녁에는 사무실과 집 사이에

있어야 할 그것이 사무실과 술집 사이에 있었다.

술집과 다른 술집 사이에도 있었다.

오늘과 내일 사이에도 있었다. 11시와

1시 사이에도 있었다. 다른 술집과

다른 여자의 집 사이에도 그것은 있었다.

다른 여자의 집과 누군가의 집 사이에 있어야 할 그

것이

밤과 새벽 사이에 새벽과 아침 사이에도 있고

곧바로 사무실로 향한다. 그날 입은 옷을

오늘도 입은 채로 집과 사무실 사이에 있었다.

아득하지만 돌아갈 거리에 있다고 생각했다.

매일 돌아가는 거리에 그것이 있었다. 집이 있었다.

사무실이 있었다. 잠시 들렀다가 나왔다.

만남

우리는 만남을 지속하지 못했다. 우리는 헤어짐도 지속하지 못했다. 우리는 만나고 있는 것일까? 헤어지고 있는 것일까? 둘 다 알 수 없는 만남을 헤어지고 있고 헤어지고 있는 상태를 만나고 있고 만날 수 없는 상태를 유예하고 있고 확정하지 않는 상태를 계속 만나고 있고 만나지 않는 상태를 계속 헤어지고 있는 너를 얼마나 더 만날 수 있을까? 얼마나 더 잊을 수 있을까? 기억은 바닥을 드러내고 있다. 바닥을 드러낸 지가 언젠데 기억은 계속 말라가고 있다. 가물어가고 있고 끝을 모르고 있고 모르는 상태로 가물어가는 날씨를 언제까지 지속할까? 언젠가는 그친다. 그치다가 그치고 그친 다음에도 그치고 있는 너를 잊고 있다. 영원히 가물 것처럼 내리지 않는 비가 오고 있다. 영원히 내릴 것처럼 그치고 있다. 우리가 언제 만날까? 헤어진 다음에? 헤어진 다음에는 또 언제 헤어질지 알 수 없는 만남을 헤어지고 있다. 우리가 언제 그칠까? 그칠 수 없는 비가 그치고 있다. 더 가물 수 없는 가뭄이 지속되고 있다. 십수 년은 더 된 것 같다. 십수 년은 더 될 것 같고 어쩌면 영원히 바닥을 드러낼지도 모른다. 너를 만나는 일이 이토록 드물고 있다. 추적추적 비가 그치고 있다.

방

　너는 대체 무슨 방을 원했느냐고 물을 것이다. 나는 원했다. 아무도 없는 방과 혼자 있는 방과 같이 있는 방을. 그것이 어떻게 가능하냐고 너는 물을 것이다. 이 방은 이미 실현됐다고 말할 것이다. 아무도 없는 방에서 나 혼자 너와 얘기하고 있으니 심심하고 무료하고 떠들썩하기까지 한 이 방에서 누가 먼저 나갈 것인가. 나는 아니다. 너도 아니라고 고개를 절레절레 흔든다. 아무도 없는 방에서.

참치

참치집에 예약을 했다. 조용한 방을 부탁했다. 조용한 방에서 참치가 나왔다. 조용한 참치는 끝없이 나왔다. 우리들 입속으로 들어가서 더 조용해졌다. 꿀꺽 삼키는 소리도 조용해졌다. 참치는 조용히 나와서 조용히 사라졌다. 간만의 대화도 간만에 나와서 조용해졌다. 더 먹을 수 없는 참치가 조용히 쌓여갔다.

하지 못한 말

그는 어떤 말을 하지 않고 있었는데, 나는 그게 무슨 말인지를 알지 못한다. 그가 말하지 않았던 것, 그가 말하지 못했던 것, 그가 말하는 것을 잊어버렸거나 놓쳐버렸던 것을 나는 알지 못한다. 모르는 게 당연한 그 말을 그는 끝내 말하지 않았다. 그가 끝내 말하지 않았거나 못했던 그것을 알아들을 방법이 내게는 없다. 없으므로 말한다. 그것이 무얼까? 그는 어떤 말을 하지 않고 다른 말을 하고 있었다. 다른 말을 하면서 그 말을 억제하고 있었다. 삭제하고 있었다. 없는 것처럼 하고 있었다. 정말 없는 것처럼 말하고 그래서 정말 없는지도 모르는 그 말을 그는 했어야 했다. 그는 그 말을 했어야 했다. 그는 그 말을 놓치지 않고 잊지도 않고 언젠가는 해야 할 사람 같았다. 나는 거기까지만 안다. 그가 하지 않았던 말이 무엇인지도 모르게 있었다는 사실을 내가 착각하지 않고 있다는 사실과 더불어 그에게 들려주고 싶었다. 말하고 싶었다. 나는 말하지 못했다. 말할 틈을 놓쳤거나 말할 자신을 잃었거나 말할 필요를 못 느꼈기 때문에 하지 않은 그 말을 그는 알까? 그는 내가 어떤 말을 하지 않았는지 모를 것이다. 그는 내가 어떤 말을 하면서 어떤 말을 숨기고 있었는지 모를 것이다. 그는 내가 어떤 말을 밀쳐두고 어떤 말을 대신 하면서 참고 있었는지 몰랐을 것이다. 알았다면 말했겠지. 그게 무어냐고 묻기라도 했겠지. 묻는 것을 참기라도 했겠지. 그는 정말 모른다. 내가 어떤 말을 하지 않고 있었는지를. 나도 모른다. 그가 하지 않고 남겨둔 말을. 궁금해서 일어나고 궁금해서 자리가 파한 다음에도 그 자리에 앉아서 떠나지 않던 그 말을 누가 대신 해준다면 좋겠다. 그는 나타나지 않을 것이다. 나타나지 않고 그 말을 하고 있다.

물 한 잔의 시간

아무것도 안 해준다면 안 해주는 방향으로
누군가 해준다면 해주는 방향으로

물 한 잔을 요청한다
물 한 잔은 물 한 잔이다
물과 잔이 필요하다
한 잔의 물과
한 잔의 잔이 필요한데

그게 힘들다면 힘든 대로
그게 못마땅하다면 못마땅한 대로
그게 기껍다면 기꺼운 마음으로
또 그러시라고 말하고서

대수롭지 않게 있다
대수롭지 않은 물이 나오고
한 잔이 나오고 두 잔이 나올 수도 있는
광경을 기다리고 있다
그게 어디든

대수롭지 않은 사람들이 있다
대수롭지 않게 여기는 사람들의
물 한 잔이 있다
못마땅한 사람도 있고
힘들다고 내색하는 사람도 분명히 있었으므로

물 한 잔을 기다리는 자의 여유는
시간대를 달리하며
장소를 찾는다
시간이 달라지면 달라지는 방향으로
기다리는 여유는
기다릴 만큼 기다린 다음에도

기다린다
물 한 잔은 아무것도 아니다
물 한 잔은 아무것도 아닌데
요청이 있었고
응답이 없었고

기다림이 있었고
거절이 없었고
수락도 없는 상태에서
물 한 잔의 시간은

대책 없이 여기 있다
서서 기다린다
앉아서도 기다렸다
누워서는 일어나기 힘들 정도로
오랜 시간을 허비하고 있다

나는 당신의 물 한 잔을
강탈할 생각이 없소
그래서 원하는 것이오
물 한 잔의 배려와
친절과 또 무슨 감정이 있어서
나를 동정하라는 것이 아니오
물 한 잔을 주시오
물 두 잔이 아니오

물 세 잔은 당신이
미리부터 겁을 집어먹을 때나
가능한 시나리오

시나리오는 당신이 쓰고 있소
시나리오는 당신이 망치고 있소
시나리오는 아직 일어나지 않은
물 한 잔의 사건을
계속 눕혀놓고 있소
그러니 이쯤에서 그만두자고
먼저 생각하는 사람이
물 한 잔에 대해 말할 것이오
물 한 잔에 대해 행동하는
자세를 취할 것이오

물, 물이 여기 있소
물, 물이 저기 있는데도
당신은 거절할 생각도 없이
들어줄 생각도 없이

물 한 잔의 요청을
언제까지 방치할지 두고 봅시다
나는 누워서 생각하고
다시 일어나지 못해 생각하고
다시 일어나지 못하는
걸인과도 같은 이 행색을
참으로 끈질기게
방치하고 있는 당신을
원망할 생각도
이해할 생각도
없이 기다리고 있소
기다릴 생각도 없이

물 한 잔의 시간이
지나가고 있소
그러면 충분하지 않겠소
더 무엇이 필요한지 알고 싶다면
물 한 잔을 주시오
물 한 잔의 시간이면 충분하오

그래서 나오는 물 한 잔은

언제나 다디달다

쓰디쓰다

아무려면 어떤가

물 한 잔의 맛인데

그게 지나가고 있다

그게 지나가야 한다

그러라고 나는 서 있다

그러라고 나는 누워 있다

아무것도 안 하고 있다

물 한 잔의 시간에 담긴 물 한 잔의 노트

시간을 낭비했다는 느낌이 들었다. 완전한 남이 될 수 있었는데 끝내 붙잡는 것이 나였다. 나라는 동물을 무엇으로 비유해도 식물이 될 수는 없었다. 광물이 될 수도 없었다. 나는 미생물이 아니고 휴지 조각도 아니다. 그저 꾁연을 좋아하는 동물의 일종이자 인간의 한 부류로서 말한다. 나를 버리지 마. 누구도 너를 버릴 생각이 없는데 너만 버려지는 걱정을 하는구나. 이렇게 거리를 두고 생각해도 언제 어디서 어떻게 버려질까 두려운 내가 다시 말한다. 버릴 거면 진작에 버렸겠지. 아직 버려지지 않은 내가 아직 버려지지 않은 나를 붙들고 다시 말한다. 누구도 너한테 관심이 없다. 너는 그가 아니다. 그도 네가 아니다. 그 사실을 명심하고 떠나라. 그래서 떠났다. 그런데 어디로? 어디로 가야 할지 모르는 것은 예전이나 지금이나 마찬가지고 앞으로도 마찬가지일 것이므로 떠난다. 어디로든.

계속해서 시간을 낭비하고 있다. 나는 남이 아니고 나라고 할 만한 남도 없는 곳에 나 혼자 있는 상상을 계속했다. 지칠 때까지 혼자 있었다. 다 지쳐서 떨어져 나갈 때까지 저 혼자 남아 있는 것을 생각했다. 그것이 무얼

까? 자존심? 그건 진작에 버렸다. 자존감? 앞의 것과 무
슨 차이가 있을까? 어감의 차이? 그렇다면 그것도 떨어
져 나간 걸로 제쳐두자. 마지막까지 혼자 남아 있는 그것
이 무엇일까를 생각하다가 한 사람을 떠올렸다. 내가 믿
고 의지할 만한 사람. 결국에는 밖에서 찾는구나. 안에서
안 되니까 밖에서 찾는 사람들 중에 한 사람이라도 있다
면 그는 남이 아니다. 남이 아니겠지만 아직은 누군지도
모르는 상태로 책을 펼치고 지도를 펼치고 온갖 전화번
호를 뒤적여보는 생활을 더는 지탱하기도 힘들 때 그가
나타났다. 적어도 한 명은 나타나야 한다는 소원을 이루
어준 것이다.

　그는 소설 속의 인물이었다. 그를 따라서 소설을 읽고
소설의 배경과 사건과 다른 등장인물들을 파악해가며 혼
자 있는 시간을 보냈다. 둘이 있는 시간이라고 해도 하
등 이상할 것 없는 방에서 소설을 읽어 내려갔다. 열 권
짜리 대하소설이면 좋았을 텐데. 한 권으로 완결되는 이
야기를 몇 번이나 완결시키면서 읽었는지 기억나지 않을
정도로 긴 소설을 읽고 또 읽었다. 끝나지 않는 이야기가
있었다. 끝난 다음에도 다시 끝나는 이야기가 있었다. 오

로지 너 한 명에만 기대어서 읽었다고 해야 할 것이다. 너는 죽었다가 살아나기를 수십 차례 반복한 다음에야 나한테서 떨어져 나갔다. 그 역시도 남이다. 너 역시도 남이 되고 말았다. 그래서 내가 원하는 것은 단 한 가지. 아주 사소하게 단 한 가지.

물 한 잔을 달라. 물 한 잔을 주면 내 소원은 이루어진 것이다. 어느 식당이나 카페라도 좋다. 가정집이라도 상관없다. 그곳이 어디든 내가 원하는 것은 단지 물 한 잔으로 충분하고, 물 한 잔이 나올 때까지 몇 시간이고 대책 없이 서 있는 것. 서 있다가 지치면 앉아서 기다리는 것. 물 한 잔의 사건. 물 한 잔이 나오는 순간 사건은 종결되고 물 한 잔이 나오지 않으면 유예되고 지속되고 지루해지는 이야기가 끝도 없이 이어지다가 마지막에는 물 잔을 엎지르듯이 엎어버리는 이야기도 아직은 끝나지 않은 이야기의 일부로 계속되는 이야기. 물 한 잔을 달라. 이걸 끝내고 싶으면 물 한 잔을 내오고 그게 아니면 나는 계속 서 있겠다. 앉아서라도 기다리겠다. 물 한 잔을 달라.

물 한 잔을 요구받는 등장인물은 물 한 잔을 요구받는 그 공간에서 나의 성격을 파악하고도 남는 시간까지 기다려준다. 물 한 잔을 내주는 순간 자신의 도리를 다하고 사라질 인간들이 물 한 잔을 내줄 때까지 기다리면서 나의 행위를 면밀히 관찰한다. 저 사람은 말도 없이 서 있습니다. 네 시간 전부터 저러고 있습니다. 두 시간 전부터 퍼질러 앉아 있었고 좀 전에 일어섰습니다. 나는 그가 원하는 것을 압니다. 물 한 잔을 달라는 것이고 동시에 물 한 잔을 빼앗지는 않겠다는 뜻이고 나 역시 물 한 잔을 지금까지는 주지 않을 생각이면서 언제 내어 줄지 고민하고 있는 중입니다. 꽤 팽팽해 보이는 이 긴장 관계를 완화시키려고 술집의 다른 손님들이 필요하고 카페의 다른 종업원이 필요하고 가정집의 다른 애완동물이 필요할 수도 있지만, 나는 그저 관찰하는 사람입니다. 그 역시 나를 관찰하고 있는 듯합니다. 주변의 많은 사람들이 그를 보고 지나쳐 갔습니다. 제 할 일을 하다가도 그를 슬쩍 보았고 제 얘기를 하기 바쁜 중에도 그가 시야에 들어오는 것을 애써 거부하지 않았습니다. 그는 카페에서도 술집에서도 심지어 길거리에서도 고립되어 있습니다. 누구도 그 주변을 얼씬거리지 않을 때도 나는 그를 관찰하고 관찰하는 말을 남기고 한 번 더 물 한 잔에 대해서 생각을 남깁니다. 그가 원하는 것이 과연 물이었을까요?
물 한 잔의 욕망으로 그가 여태까지 서 있었을까요? 앉
아서도 그는 마찬가지 생각을 할 겁니다. 내가 원하는 것
을 관찰하는 저 사람은 알고 있는가? 내가 원하는 것은
관찰하는 저 사람의 뜻에 따라 물 한 잔이 되었다가 오백
원짜리 동전 하나가 되었다가 또 무엇이 될지 알 수 없는
시간이 되어간다. 그 시간 동안 나는 한마디 말도 없이
행동이 되고 있다. 그것이 나의 성격이고 이 이야기의 수
많은 결말 중 하나가 될 것이다. 나는 물 한 잔을 기다리
고 있다.

　물 한 잔을 기다리는 곳에서 멀지 않은 곳에 끔찍한 일
이 벌어지고 있다. 슬픈 일이 벌어지기도 한다. 달콤한 일
이 벌어지기도 하는데 그건 내가 원하는 유형의 사건이
아니다. 나는 슬프려고 여기 와 있다. 나는 좀더 불행해지
려고 끔찍한 일에 가까이 있다. 그것은 당장 벌어져야 하
는 일이지만, 한 번쯤은 쉬고 싶다. 불행도 쉬어가는 시간
이 필요하다. 슬픔도 중노동에 시달리면 달아난다. 비극
이 끝나는 곳에 또 다른 비극이 있다면 쉬지 않고 있다면
쉬지 않고 다가오는 비극의 향연에서 내가 잠시라도 바

라는 것은 물 한 잔의 여유. 물 한 잔의 멍청함. 물 한 잔의 방관자적 자세. 그리고 물 한 잔의 관찰자적 자세를 끝내는 포기하게 만드는 물 한 잔의 이상한 고집을 원한다. 물 한 잔의 납득할 수 없는 고집을 많은 사람들이 이해해줄 필요는 없다. 전 인류가 이해해주는 물 한 잔은 없다. 물 한 잔은 물 한 잔의 이상한 고집을 ─ 가상으로라도 ─ 체험한 사람만이 간신히 이해하고 같이 마셔준다. 못 마시더라도 못 마시는 그 시간을 지루하게 견뎌준다. 언제 나올까?

물 한 잔의 선물은 단 한 사람을 위해서 준비해야 한다. 단 한 사람의 목을 축이기 위해 물 한 잔이 나오는 시간은 길다. 아무리 짧아도 몇 시간은 읽어야 하는 한 권짜리 지루한 소설처럼 물 한 잔의 시간은 아직도 끝나지 않았고 끝나려면 아직도 멀었고 그때까지 다 읽어주는 사람이 없더라도 끝나는 소설은 있다. 다 읽지 않았음에도 후회하지 않는 소설이 있다. 마지막 몇 페이지에 걸친 물 한 잔의 시간은 이미 예정이 되어 있다. 예상 가능한 범주를 훌쩍 넘어서더라도 놀랄 것이 전혀 없는 물 한 잔의 예정된 결말을 같이 나누고 싶은 사람이 단 한 명은 있지 않을까. 없다면 나는 잘못 산 것이 분명하다. 이번에도 시간을 낭비했다는 뜻이다. 물 한 잔은 아직 나오지 않고 있다. 그대로 있다.

4부

한 문장

자연이 말하는 방식과 내가 말하는 방식이 모두 한 문
장이다.

나와 똑같은 인간이 나를 반대하고 있는 사실도 한 문
장이다.

따지고 보면 신분 때문에 싸우고 있는 이곳의 날씨와
저곳의 풍토도 한 문장이다.

얼마나 많은 말이 필요할까?

이런 것들을 덮기 위해서

덮은 것들을 또 덮기 위해서

손을 씻고 나오는 사람도

그 물에 다시 손을 씻는 사람도 한 문장이다.

나는 얼마나 결백한가 아니면 얼마나 억울한가

아니면 얼마나 우울한가의 싸움 앞에서

앞날이 캄캄한 걱정 스님의 말씀도 한 문장이다.

옆에서 듣고 있던 격정 스님의 말씀도 한 문장이다.

"흥분을 가라앉혀라."

자존

마음 하나 폈는데 말이 멋있다. 술을 따른다.

멋있지 않아도 좋으니까 이걸 좀 세워달라. 술잔은 많다.

변명도 많고 내가 말하고자 하는 요지는 어느 술자리에서든 마찬가지

꼬리를 남기고 사라진다. 마음이 사라진다고 편안해질까?

몸이 사라진다고 정말 어두워질까? 나는 사라진 적이 없는

사람의 말을 믿고 따르고 의심하고 행동하고 자제하고

두둔해본 적이 없는 사람의 말을 믿을 수 없다.

당신은 술을 따른다. 마음 하나 폈는데

모두가 개인으로 돌아오고 있다. 한 사람씩 무기력하게 짖는다.

개가 없어도 괴롭다. 마음이 없어도

여러 동물들이 짖는다. 감정도 없이

나는 내 출생지에서 빠져나오지 못했다.

그걸 고향이라고 부를까 나라고 부를까

아니면 부들부들 떨고 있는 이 바깥의 짐승들에게

이거라도 세워달라고 몸 대신 일으키는 그것을 뭐라고
부를까?

나는 부른다. 어서 와서 앉으라고

벌써 일어나고 없는 그에게.

혀를 통해서

나도 변했지만 상황도 변했다. 겨우 두 사람의 문제가 아니다. 겨우 두 사람의 대화도 아니다. 어쩌면 몇만 년. 어쩌면 엄청나게 큰 결함 앞에서

기진맥진하는 자가 나를 만들었다. 그는 정말로 나를 다른 사람으로 만들었다. 그리고 작별을 고한다. 그가 안녕, 하고 처음 들어왔을 때처럼

나의 일부를 떼어 만든 얼굴은 이렇게도 크고 이렇게도 느닷없다. 전과 다름없이 공백을 만들고 있다. 전과 다름없이

둘러앉아 한 사람씩 고백한다. 가운데는 항상 비어 있다. 중독자들일수록 크고 깊은 원을 만든다. 정확히 한곳을 향해서 말한다. 거기가 어딘가? 당신의 일부가 올라오는 곳. 당신의 전부가 잠겨 있는 곳. 익사하지 않기 위해서 말은 올라온다. 어떤 표정의 얼굴이 솟구쳐 올라오더라도 그건 내 얼굴이 아니다.

조용히 입만 열어놓고 있다. 이 말이 어디서 어떻게 올라왔는지 당신은 아는가? 나는 모른다. 익사하지 않기 위해서 한 사람씩 귀를 닫고 있다. 아무도 듣지 않는 것처럼

고백하고 있다. 마치 고백을 받는 사람처럼 공백은 이렇게도 크고 이렇게도 느닷없다. 전과 다름없이

그곳을 향해 말한다. 맨 밑에서 올라온 말이 혀에 남아 있다. 가운데서 올라온 말도 혀에 남아 있다. 가운데는 깊다. 말할 수 없이. 혹은 냄새도 없이

올라오는 말이 있다. 나는 입을 다물고 있다. 침이 마를 때까지.

화근

    당신이 말을 하면 불을 쏟아붓는 것 같다. 내가 입을 열면 화염에 휩싸인다. 연기와 그을음이 우리의 소통 방식이며 밀폐에 대해선 말하지 말자. 우리는 탁 트인 입을 열고 목젖 너머로 보이는 불씨에 대해 공감한다. 너도 그게 문제였군. 나도 이게 문제였으니 이제부터 우리는 화해하고 악수하고 돌아앉아서 얘기한다. 그것도 대화라고 등골이 서늘하다.

색청

당신의 글씨에서 좋은 냄새가 난다. 당신의 코에서는 취한 소리가 들린다. 당신이 눈을 감는 소리는 입에서도 나는데 그것은 아무리 묘사해도 들을 수 없는 안개 같은 맛이다. 취한 뱀이 천장을 기어 다니는 맛이다. 당신은 그걸로 글씨를 쓴다. 그것에 반해 냄새를 맡는다. 냄새는 오래되었다. 당신이 말을 배우기 시작한 이후로 얼음은 실제로 차갑고 구름은 실제로 뜨겁고 눈은 실제로 무겁다. 너무 무거워서 비는 초록색이다. 너무 가벼워서 9가 8보다 더 빨간색이듯이. 붉은색이듯이. 진홍색이듯이. 변해가는 색깔은 변해가는 기억을 대문에 붙여둔다. 대문은 이대로 가면 검은색이고 흰색이고 또 다른 색이다. 문을 닫으면 큰 소리가 난다. 문을 열면 더 요란한 주인이 소리를 내고 있다. 날카롭고 눈부신 철 대문에 끼어서 손가락이 부었다. 아주 특별한 재주를 가진 것처럼 우는 소리도 차갑다. 비웃는 소리도 그에 못지않다. 얼마나 의심이 많았으면 우는 사람 앞에서도 손 한번 내밀지 않고 혀를 날름거렸을까. 취한 뱀처럼 바다에 툭 떨어졌다. 6은 뒤집어도 뱀이다. 9는 다시 보아도 6이다. 8이 그렇게 말했다. 그것은 실제로 벌어지는 일이고 좋은 냄새가 나는 것 같다. 사이렌 소리는 물과 불을 가리지 않는다.

밀실과 털실

밀실에 대해서 생각하는 사람이 많아졌다.
털실에 대해서 회의하는 사람도 많아졌다.
많아졌으니 더 많은 사람들이
방에 모일 것이다.

누군가는 비워줘야 한다. 안 그러면
터져버리는 것이 누군가의 옷이니까.
너를 대신해서 오늘은 내가 옷을 입고 나갔다.

방에 모여 있는 온갖 잡동사니들 중 하나가 사라졌다.
밀실이니까
    해가 들어오지 않아야 하고 몰래 나와야 한다. 털실이
니까
    실오라기 하나 걸치지 않은 몸으로
    너는 누워 있다.

    사라진 옷을 꼭 껴안고
    들어오는 사람을 기다리고 있다.

그렇군요 그렇지요

(밖에서는 점잖은 비가 내린다)

그 전쟁은 할머니가 돌아가신 걸로 시작해서
아이를 무사히 낳은 것으로 끝났어.
몇 명이나 죽었는데?
저기 벌레 기어간다. 몇 마리나 될까?

너도 점점 악독한 일상을 즐기는구나.
아니면 냉혹한 편지라도 쓸까?
자살문예운동을 위해서는
우리 역시 우아해질 필요가 있어.

나는 박수밖에 칠 수 없는 운명이야.
너는 끝까지 질문이 될 거고
간만에 보는 조서는 아름다워야 해.
티끌만큼의 눈물이 있어서는 안 되지.

어쩌면 젖은 행주가 삶의 원인일 수도 있다는
너의 발언은 취소된 거니?

내일 아침까지 미리 쥐어짜니까
그렇게 됐어. 미안해.

괜찮아. 나 역시 어느 순간
연설하고 있는 나를 보니까.
너 또한 박수밖에 칠 수 없는 운명이고.
이틀 뒤의 남자는 안 그럴 거야.

그렇군.
그렇지.

(모호할 때 우리는 웃는다)
(밖에서는 점잖은 비가 내린다)

내 삶에는 비극이 없어.
웃을 일이 없기 때문이지.
그러나 한 번 그러나 두 번
그러나 모두 슬플 때가 있지.

얼굴도 유니폼처럼 작동한다면
가능한 일이겠지. 나는 분노에 찬
엉덩이를 보여주고 싶어.
아니면 환희에 찬 허벅지라도.

보고 싶으면 따라와.
몇 년 후의 사과를 보러 가자.
별들은 무서운 속도로 살고 죽지만
나는 다른 곳의 밤을 듣고 있어.

너도 너의 행동보다 넓은 곳에 있구나.
그러니 걸음을 멈추겠니?
네가 약속해준다면.
이틀 뒤의 그 남자가 즐겁다고.

그러면 나머지 손가락이 몹시 슬퍼할 텐데?
아직은 몸매를 모를 나이니까 괜찮아.
당신의 고생은 내가 매일매일
읽어줄 거라고 타일러봐.

그건 집을 떠난 사람에게
어울리지 않는 답변인데.
우리는 우아해질 필요가 있어.
우등생 악어처럼.

너도 물린 자국이 컸구나.
거꾸로 매달려서 자백해보니까
알겠어. 그건 훌륭하고 정신없는
문학이란 것을.

훌륭하고 어지러운 이야기겠지.
가령 어린 사형수와 늙은 간수의 이야기.
같이 자자고 강요하는 침대가 있으니
이제 자자. 준비됐니?

준비됐어. 저기 떠내려오는 문이
순식간에 잠길 차례야. 차례차례 손을 씻고 와.
가장 청결한 손이 항문에서 나오고

또 어디서 나오겠니?

입이라고 말하면 나 굉장히 화낼 거야.
나도 굉장하니까
사라진 엉덩이에 힘을 주며
자지가 딱한 임금님 얘기를 계속 들어야겠지.

아니면 다른 것이 딱딱한 이야기라도.
혀는 계속 굴러다닐 테니까
여기에서 저기로
저기에서 또 몇 마리 벌레가.

열매 같은 것들

열매 같은 것이 열매 같은 것들에게 툭 떨어졌다. 나는 그게 무언지 모른다. 같다는 것만 알고 같다는 생각으로만 말한다. 열매 같은 것들.

같은 것들이 같은 것들에게 흔적을 남긴다. 같지 않은 것도 같지 않은 것들에게 흔적을 남긴다. 같잖은 것들. 흔적이라도 남겨야겠지만.

그게 무슨 소용이라고 흔적을 싫어한다. 남의 흔적. 같잖은 것의 흔적. 그게 무슨 소용이라고 기억한다. 너의 흔적. 너와 같은 것의 흔적. 그게 무슨 소용이라고

샤워를 하면서도 네가 만지고 간 흔적. 나비가 앉았다 간 흔적보다 더 묵직할 것도 없는 흔적. 덧없이 말하는 흔적. 덧없이 붙잡는 흔적. 덧없이 툭 떨어지는 열매 같은 것들.

나는 그게 무언지 모르고 만진다. 열매가 아니면 열매 같은 것들. 흉터가 아니면 흉터 같은 것들. 이름이 아니면 이름 같은 것들을

어떻게 들려줄지 몰라서 다시 말한다. 너의 이름은 누구니? 나의 이름은 같다와 다르다와 무관하다와 우습다와 말도 안 된다와 그럼에도 없지는 않은 것. 없지는 않

으니 없어도 무관한 나와 함께 걸어가는 것. 산책하는 도
중에

    툭 떨어졌다. 열매 같은 것이 열매와 다름없는 것이 열
매와 다르다는 사실을 어떻게든 숨기고 감추면서 떨어진
다. 열매 같은 것들이 먼저 도착해 있다.

등록

당신 대신 장을 보고
당신 대신 가족이 되고
당신 대신 고백을 하고
당신 대신 이별을 한다

당신 대신 눈물을 보이고
당신 대신 감동받고
당신 대신 숨을 쉴 수도 있다
여기까지는 당신도 가능하다

당신 대신 약을 먹고
당신 대신 배설하고
당신 대신 타성에 젖는 것도 가능하다
당신 대신 진화할 수도 있으니까

당신 대신 투쟁하고
당신 대신 일체감을 느낄 수도 있다
누구보다 먼저 당신을 회고하거나
해고할 수도 있다

당신 대신

등록 버튼을 꾹 누르며

장래희망

너는 장래희망이 뭐니? 인육이 되는 거.
뭘 하게? 씹어서 먹게.
다 먹고 나면?
너 줄게. 너 가져.

개는 뼈다귀를 물고 주인에게로 간다.
꼬리를 살랑살랑 흔들며

나 왔어.
어디 있어?

너로 인해

　너로 인해, 영혼이 충만할 때는 보이지 않는다. 영혼이 고갈될 정도로 외로울 때도 보이지 않는다. 그것은 자신의 영혼만을 볼 것을 원한다. 자신의 영혼으로 볼 것을 권한다. 싫으면 말라는 제스처도 보이지 않는다. 무심한 상태, 무심한 상태가 될 때까지, 기다렸다가 말을 한다. 최초의 무심과 최후의 무심 사이에서 요동치는 말은 결코 그것이 될 수 없음을 증명하면서 말한다. 그것도 괜찮다고, 그것도 못 되는 것들에게, 달래면서 말한다. 무심하게 말한다. 그것은 투명한 유리 사이에 끼인 모든 불투명한 몸을 빌려서 말한다. 육체는 영혼을 갈구하지만, 영혼은 그것의 투명함에 결코 다다르지 못한다. 그것은 결코 네가 아니다. 너로 인한다는 말을 잠시 빌렸다가 너무 오래 끌고 다니다가 갖다 버린다. 쓰레기라고. 그럼에도 그것이 좋은가? 너는. 나는 답변을 못 하겠다. 너로 인해, 너무 많은 영혼에 시달린 나는.

절망

　어느 날 절망이 찾아와서 자신의 절망을 늘어놓고 갔다. 한참이나 수다를 떨다 갔다. 내 귀가 원망스러울 정도로 오래 그리고 길게 들러붙는 저 말을 절망이라 할 수 있을까? 물론 절망이다. 아니면 진작에 절교하고도 남았을 저걸 어찌 친구라고 부르겠는가. 아니면 진작에 잘라버리고도 남았을 내 귀를

　어느 날 절망이 찾아와서 시험하고 갔다. 아니면 다른 귀라도 찾아갈 태세로 왔을 것이다. 그마저도 없다면 절망은 누구를 찾아갈까? 누구든 찾아갈 것이다. 절망이 되는 곳으로. 절망을 인정받는 곳으로. 그마저도 없다면 비로소 완성될 수 있다는 희망으로

　절망은 간다. 절망을 다해 간다. 내 귀가 너덜너덜해져서야.

불청객

오늘은 나의 날인데, 그가 안 왔다. 다행이다. 그가 안 왔으므로 나의 날은 그가 없는 날이 되었지만, 아쉽다. 그가 없으면 완성되지 않는 게 누군가의 날인데, 그는 빠짐없이 온다. 누군가의 날을 바로 그 누군가의 날로 완성하기 위해 그는 초대장이 없어야 한다. 초대장 없이도 와야한다. 조용히 왔다가 조용히 가지 않더라도 그가 와야 완성되는 누군가의 날이자 나의 날. 나의 날에 그가 안 왔다. 어디가 아픈가.

어디가 아플 만도 하지. 누가 봐도 건강이나 청결과는 거리가 멀어 보이는 그는 몹시도 굶주린 사람. 밥이 아니라 술. 술이 아니라 언성이나 목청. 그걸 높이기 위해서그는 온다. 그걸 죽이기 위해서도 그는 온다. 그 앞에서는 높아지는 언성도 그 앞이라서 꼬리를 감추고 사라진다. 테이블을 텅 비워놓고 사람들은 떠난다. 테이블을 독차지하고 그가 앉아서 이쪽을 노려보면 이쪽이 조용하다. 저쪽을 노려보면 저쪽이 수그러드는 분위기를 살리기 위해 나의 날에는 내가 나서야 하고 너의 날에는 네가 나서야 하고 좋은 게 좋은 거라고 좋게 넘어가는 누군가의 날을 위해서 누군가가 또 나선다. 잘 놀다 가시라고. 잘 놀

다 가셔야 하는 그가 오늘은 오지 않았다. 오늘은 나의
날인데,

그가 오지 않았다. 어디 가서 죽었나. 죽지 않았으면
사라졌나. 사라졌다면 사라지는 소식도 모르게 사라져야
할 그가 오늘은 오지 않아서 이상하게 나의 날을 장식하
고 있다. 무언가가 허전하게 비어 있는 테이블에도 그는
앉아 있지 않다. 모두가 쳐다보지 않는 곳에도 그는 서
있지를 않다. 앉아 있거나 서 있거나 상관없이 그는 왜
안 왔을까? 초대도 하지 않았는데. 오늘은 나의 날이고
다음에는 누군가의 날이고 고대하고 고대하는 너의 날도
언젠가는 찾아오겠지만, 찾아오기를 바라겠지만, 그가
다시 찾아올지 말지를 결정하는 것도 너의 몫은 아니다.
누구의 몫도 아니다. 그는 때가 되면 온다. 누군가의 날에
는 온다. 누군가의 날이 아니더라도 그는 어디선가 살아
있을 거라는 예감. 그가 왔기 때문에 증명되는 그 예감을
오늘은 그가 배신했다. 왜 안 왔을까? 기다리는 사람도
없는데,

배신당한 이 기분을 언젠가는 물어볼 것이라고 그가
생각하는가. 그 또한 그가 왔을 때 확인이 가능한 생각.

그는 오지 않았다. 오늘은 누구의 날도 아닌데, 마치 그가
온 것처럼 뜻밖의 날이다.

싸움

누가 나한테 싸움을 걸어올지 궁금했는데 아무도 싸움을 걸어오지 않는다. 내 싸움이 너무 크기 때문이란다. 내 싸움이 너무 커서 아무도 끼어들고 싶지 않기 때문이란다. 이 말을 전해주는 사람도 이 말만 전하고 급히 사라졌다. 아무도 싸움을 걸어오지 않는 사람. 그게 바로 나라는 사실을 인정하고서야 내 싸움은 그칠 것인가. 누그러지기라도 할 것인가. 글쎄다. 내 싸움은 끝날 것 같지 않다. 국가 간의 싸움도 끝나고 이웃 간의 싸움도 끝나고 형제간의 싸움도 부모 자식 간의 싸움도 모두 끝나가는데, 끝날 수도 있는데, 내 싸움은 도무지 끝날 줄을 모른다. 모르는 것 같다. 그러니 모두 피하는 것 아니겠는가. 그러니 모두 자리를 비우고 사라지는 것 아니겠는가. 누구라도 싸움을 걸어온다면 그 누구와도 화해를 시도해볼 텐데. 화해를 위해서 싸움을 키워볼 수도 있을 텐데. 싸움을 위해서 더 큰 싸움을 불러들일 수도 있을 텐데. 아무도 싸움을 걸어오지 않는다. 말도 걸어오지 않는다. 주먹부터 날아오던 때가 문득 그립고 아쉬워서 주위를 둘러본다. 아무도 없는 싸움이 널려 있다. 어제는 저 테이블에서 고성과 주먹이 오갔다. 그제는 다른 테이블에서 발길

질이 오고 갔다. 정답게 얼굴과 얼굴을 향해서 날아가는 술잔이 있었다. 술병이 있었다. 그끄저께는 또 무슨 일이 있었는가. 저쪽 구석의 테이블에서 한 사람이 실려 나갔다. 죽었는지 살았는지 모를 그의 소식은 누가 대신 전해주지도 않는다. 그는 혼자서 마셨고 혼자서 취했고 혼자서 소리를 지르다가 혼자서 테이블을 엎고 실려 나갔다. 허공을 향해 주먹을 몇 번 휘두르고는 고요히 쓰러지고 사라졌다. 그의 싸움에는 관심 없다. 그의 싸움에는 누구도 관심을 두지 않는 나의 싸움이 있다. 너의 싸움이 있고 각자의 싸움이 있다. 나의 싸움은 크다. 내 싸움은 누구보다 크다. 나보다도 크고 너는 말할 것도 못 된다. 죽을 각오를 하고 덤벼야 하는 이 싸움에서 나만 혼자 심심할 수는 없는 일. 나만 혼자 무료하고 따분하고 권태로워서는 정말로 안 되는 일. 나는 싸움에 지쳤다. 나는 내 싸움에 진력이 났다. 나는 내 싸움을 그만두고 싶다. 나는 내 싸움을 죽이기 위해 다른 싸움을 불러들이고 싶다. 다른 싸움은 보다시피 모두 달아나고 없다. 이 싸움이 얼마나 대단하기에 모두 나를 피하는가. 이 싸움을 외면하는가. 돌아가면 어차피 각자의 싸움이 있고 각자의 싸움에

허덕일 거면서. 이 싸움을 피하는 이유. 내 싸움을 기피하는 이유. 무엇보다 나의 자리만 온전히 비워놓고 떠난 나머지 싸움들이 한편으로 원망스럽고 한편으로 궁금하기도 하여 자리를 박차고 일어났다. 나는 자리를 옮겼다. 이 자리에서 저 자리로 나의 싸움도 같이 따라왔지만 어쩐지 그가 앉기에는 자리가 비좁다. 턱없이 비좁고 불편하여 내내 일어서서 두리번거리는 나의 싸움을 진정시키기 위해 나 역시 주위를 두리번거리며 무언가를 찾는다. 그를 진정시킬 만한 싸움은 어디에도 없다. 자리란 자리는 텅 비어 있거나 꽉 차 있다. 비좁음으로 꽉 차 있다. 그에게 필요한 것은 잠깐의 휴식이다. 잠깐의 심호흡이고 잠깐의 딴생각이라도 좋은데, 자리가 없다. 그는 서서 부들부들 떨고 있다. 그는 서서 다른 싸움을 찾고 있다. 그는 서서 나를 무시하고 있다. 나는 싸움을 원하지 않는다. 내가 낳은 싸움이라도 싸움이라면 이골이 난 표정으로 내 싸움을 올려다본다. 내 싸움은 안중에도 없는 나의 동태를 살피다가 살피는 척하다가 곧바로 문을 박차고 나갔다. 이 싸움은 이미 나의 싸움이 아니다. 나의 싸움이라고 할 수 없는 싸움이 나를 떠났다. 이미 떠난 싸움은 이제 내 이름을 걸고 싸우지도 않을 것이다. 싸움을 걸고 싸우는 싸움. 오로지 싸움으로 점철된 싸움을 위해 내 싸움은 용감하게 뛰쳐나갔다. 나의 허락도 없이. 나의 용납도 구하지 않고. 형식상의 통보조차 없이 그는 뛰쳐나갔다. 그는 이미 내가 아니다. 나도 이미 내가 아니다. 모든 싸움이 빠져나간 몸으로 나의 싸움을 말하고 있다. 잘 싸우고 돌아오라. 죽더라도 나를 탓하지는 말고. 오직 싸움의 나라에서 싸움의 명예를 걸고 싸움의 전사로 장렬히 전사하기를. 포로가 된다면 그 자리에서 자결하기를. 혹시라도 이긴다면 더 큰 싸움을 찾아서 떠나기를. 더 큰 싸움을 만나서 더 큰 싸움을 치르고 돌아오기를. 그보다 더 큰 싸움은 언제나 여기 있으므로. 껍데기만 남은 내 몸에서도 싸움은 끊이지 않고 있다. 모두들 각자의 싸움에 여념이 없다. 장기는 장기끼리. 기관은 기관끼리. 혈액은 혈액끼리. 세포는 세포끼리. 어디 있는지 거처가 불분명한 영혼은 영혼끼리. 정신은 정신끼리. 모두 싸우느라고 폐허만 남은 이 자리의 임자에게도 남아 있는 싸움은 많다. 좀 전의 싸움은 잊었다. 더 큰 싸움을 기다리고 있다.

마음

손이라 생각하니 손이고 발이라 생각하니 발이겠지.
모든 것이 마음에 있다고? 모든 것이 마음에 있다고 생
각하니 참 넓다. 너무 넓어서 사람 하나 들어가서 빠져
죽는 일쯤이야 대수롭지도 않고 사람 하나 빠져 죽어서
사라지는 일쯤이야 수도 없이 겪어왔을 바닷가에서 막
건져 올린 사람을 꿈꾸듯이 설레는 마음으로 쳐다보고
들여다보고 파헤쳐보는 일쯤이야 이미 해봤던 것. 몇 번
씩 겪어봤던 것. 앞으로도 겪어볼 일인가? 장담할 수 없
지만 장담할 수 없는 만큼 기대도 없는 곳에서 시체를 대
하듯이 너를 처리하는 방식. 너를 씻겨내는 방식. 손이
고 발이고 몸통이고 할 것 없이 가장 은밀하고 깊은 곳조
차 아무런 자극도 안 되는 눈으로 너의 눈을 본다. 영혼
이 다 빠져나간 눈 같다. 너의 눈에 담긴 눈이 그렇게 말
한다. 너는 없다고. 없다고 생각하니 정말로 없어져버린
사람 앞에서 간신히 밥을 먹고 세수를 하고 청소를 하고
그럼에도 남아 있는 일이 없나 둘러보면 둘러보는 일만
큼 일이 생긴다. 일이 남아 있다. 너를 증오하는 일. 너를
외면하는 일. 너를 그리워하는 일. 그 모든 일을 삭제하는
일. 다 죽고 난 다음에야 마음은 떠오른다. 이곳저곳 생기

는 대로 용기를 만들고 용기에 담겨서 바다는 출렁인다. 바다라 생각하니 정말로 바닷가가 되는 곳에서 너는 금방이라도 뛰어들 것처럼 자세를 낮춘다. 저렇게 깊은 물을 다 마셔버릴 것처럼 저렇게 넓은 용기를 다 엎어버릴 것처럼 바다는 넓고 깊고 죽고 난 다음에야 차오르는 마음이 언제는 없었던가. 언제나 있었다. 그러니 돌아서 나왔겠지. 들어가기도 전에 바닥을 드러내는 바닷가에서 나는 힘겹게 너를 건져 올렸다.

강철보다 단단한 밤하늘을 별은 어떻게 운행하는가?

하늘은 푸르고 밤에는 캄캄한 저 너머를 한때는 강철보다 더 단단한 물질이 채워 넣고 있다고 생각한 고대인들이 있었다. 빛이 이동하기에 가장 좋은 조건을 추리고 추려서 나온 결론. 빛은 스스로 움직이지 못한다. 그것을 옮겨주는 훌륭하고 튼튼한 매질이 있어야 하는데, 되도록 촘촘하고 가능한 한 빈틈이 없으며 무엇보다 이것과 저것의 구분이 없는 밀집 상태를 부드럽게 이어주는 어떤 정신이 있다고 그들은 상상하였다. 그 정신의 일부에 조그마한 구멍이라도 생기면 바로 그 자리에서 별이 탄생한다고 그들은 믿었다. 크고 작은 별이 허점투성이 밤하늘에서 탄생한 것과 마찬가지로 이것을 상상하는 인간의 머릿속도 엉성한 구석이 많은 천체 지도와 크게 다를 바가 없었다. 빛이 모든 것을 통과할 수 없듯이 이리저리 구멍이 난 별자리를 비껴가듯이 인간의 머릿속도 모든 것을 관장할 만큼 완벽하지 않다는 것을 인정하고 난 뒤에야 상상은 믿음이 되고 믿음은 무리 없는 진리를 불러왔다. 인간은 허약하다. 빛이 그러하고 빛을 운행하는 밤하늘의 캄캄하고 단단한 매질이 그러하듯이 정신이 만들어낸 이 결함투성이 천체 지도는 빈틈없이 완벽할 수 없다는 점에서 완벽하다! 백여 년의 시간이 의심 없이 지나가고 수백 년의 사상이 입에서 입으로 마치 주인 없는 빛을 옮겨 가듯이 매끄럽게 이어졌다. 문제가 되는 곳이 없었다. 문제가 되는 곳은 문제가 있다는 그 사실만으로 완벽한 천체에 봉사하는 시녀가 되기에 충분했으므로 후대를 위해 그들이 남겨놓은 것은 불필요한 논쟁과 질문뿐이었다. 가령, 강철보다 단단한 밤하늘을 별은 어떻게 운행하는가? 안개를 걷어차면서 전진하는 인간의 발걸음으로는 설명이 안 되는 이 원리를 빛이 대답해주는 것도 아니었고 허점과 동격인 먼지투성이 별이 스스로 밝혀주는 것도 아니었다. 이 모든 일들이—천국과 지옥의 운행까지 포함하여—한 두개골의 내부에서 벌어지고 있다는 사실도 누가 대신 밝혀줄 것이 아니었다. 그 또한 한 두개골의 캄캄하고 물렁한 내부에서 밝혀져야 할 사실이었다.

어디까지가 자연인가?

    사탕수수와 커피, 담배 연기와 대마초, 바람 소리와 전화선, 무전기와 딱따구리, 생활하수와 정화조 뚜껑에 담긴 경고 문구, 우스갯소리와 도롱뇽, 구박받는 아이와 낙오를 따라가는 순록들의 발자국, 이륙하는 새들과 대오 각성하는 연예인, 그리고 복귀하는 철새들의 보금자리와 이동 경로, 매번 되풀이되는 털갈이와 유사한 신제품, 레깅스 대신 스타킹, 바람막이 대신 지도자, 앞장서는 우두머리를 갉아 먹는 탄자니아 사마귀, 모여서 살지 않는 흰개미들의 천국, 있을 수 없는 일들과 있으나 마나 한 사건을 연주하는 합창단, 노래하는 새들과 노래하지 않는 새들을 노래하는 서정시, 그럴 수도 있고 그럴 수는 없는 윤리를 뒤집어쓴 가장행렬, 네 멋대로 해라 충고하는 예술가들의 지루한 투표 결과와 심사위원, 올해도 그 사람이 되었다고 믿는 나머지 독재자들, 아니면 방관자, 아니면 부랑자들의 냄새나는 탄원서, 도무지 순위와 상관없는 지방지들의 생존 전략, 새로 발견된 허수와 그것들의 지저분한 패턴, 발견하라, 발견하라 당신들이 안 보일 때까지, 자식들이 안 보일 때까지 번식하는 아메바와 박테리아, 둘만 있어도 좋은데 왜 쫓겨났을까, 알몸에서 잠옷 바람으로, 그것도 야생인데,

왕이 되어가다

사나이는 사나이가 되려고 앞서 만난 사나이를 버렸
다. 앞서 만난 사나이는 아직까지 덜 죽었다. 기도 죽지
않고 풀도 죽지 않은 채로 사나이는 말한다. 한 숟가락의
밥만 있어도 이 지경이 되지는 않았겠지만, 한 숟가락의
밥이 없어서 구걸하는 노릇을 당신도 수없이 해오지 않
았나.

거지는 걸핏하면 왕이 된다. 교훈대로라면 거지만큼
왕이 되기 쉬운 신분도 없다. 너무 없으니 무어라도 가지
면 왕. 너무 없으니 더 없는 쪽으로 몰아세워도 왕. 거지
의 왕은 있어도 왕이고 없어도 왕이다. 가진 것이 없으니
조금만 더 조금만 더 있는 쪽으로 아니면 없는 쪽으로 손
을 내미는 그 손에서 동전 한 닢이 빛나더라도 너무 놀라
지 말게나. 그걸 쥐어도 왕이고 그걸 놓아도 왕이니 하물
며 사나이쯤이야 어디선들 못 구해 오겠나. 그러니 사나
이는 눈앞의 사나이쯤이야 대수롭지 않은 사나이가 되어
걸어간다. 해가 지는 방향이나 해가 뜨는 방향이나 모두
정오를 기준으로 사나이는 서 있다. 저 사나이도 서 있다.
앞으로의 사나이도 서 있고 좀 전에 쓰러진 사나이도 서
있다. 그 사나이가 말을 한다.

한 숟갈의 밥만 있어도 나는 쓰러지지 않을 걸세. 한 숟갈의 밥만 있어도 나는 왕이고 한 숟갈의 밥이 없어서 나는 왕을 택했네. 더 없는 쪽에서 더 없는 쪽으로 걸어오는 사람이 당신이라고 해도 사나이는 왕이 되고 말았네. 더 무엇이 되겠는가. 당신이 선택할 수 있는 길은 왕비가 아니니 공주도 아니니 왕자 같은 소리는 그만 집어치우게. 왕은 왕 하나로 족하고 둘이면 안 되고 셋이면 너무 많으니 한 사람은 죽어야 하지 않겠나. 너무나 고운 손으로 너무나 더러운 칼을 집어 들고 너무나 더러운 손으로 너무나 고운 칼을 막고 있는 그 심장에 찔러 넣었다. 피를 뿜는 자는 죽어가면서도 왕의 소리를 낸다. 적어도 사나이의 소리는 낸다. 아니면 이 거지의 손이 얼마나 무안하겠는가. 기껏 왕인 줄 알았던 그가.

호위견

그 무덤 앞에는 두 마리 개가 지키고 있는데, 모두 목이 달아나고 있다. 날개도 달아나고 있다. 개에게서 달아나고 있는 날개는 주인이 달아준 것. 주인이 아니면 하인이 달아준 것. 하인이 아니면 또 누가 달아준 것일까. 목이 달아나고 있는 개는 날개가 달아나고 있는 개를 서로 쳐다본다. 마주 보고 있는 우리는 영영 못 볼 사이다. 날개가 달아나고 나면 영영 달아나지도 못할 사이에 두 개의 앞발이 버티고 있다. 만 년은 더 버틸 자세로 무덤의 입구를 지키고 있다. 입구를 열고 들어가면 주인이 나올 것이다. 아니면 하인이 나올 것이다. 개를 풀어놓으러. 달아나고 있는 목을 붙여주고 달아나고 없는 날개도 찾아서 주고 도로 들어가서는 자신의 온데간데없는 몸을 더듬다가 다듬다가 잠들 것이다. 주인이 잠들고 있다. 하인도 잠들고 있다. 우리는 영영 못 볼 사이다. 저 안에서 가장 오래된 벽화처럼 붙어 있는 두 사람의 관계는 확실하지 않다. 틀림없지도 않다. 앞발만 남은 개가 앞발만 남은 개를 지키고 있다. 무덤 앞에서 더 달아날 것이 없는지 살피고 있다.

완제품

부서져라 쥐고 있다. 부서지기 직전까지 쥐고 있다. 부서지고 나서도 쥐고 있다. 내 손아귀에 들어온 컵은, 유리는, 모래는, 바위는, 불덩어리는, 물은, 심지어 공기는 모두 쥐어졌다가 풀려난다. 어디 한군데 상한 곳이 있는가? 내 손이 묻는다. 피가 묻은 손으로, 물이 묻은 손으로, 불에 찔린 손으로, 공기에 놀란 손으로 더 움켜쥘 것이 없는지 살피다가 놓는다. 다 놓치고 나서야 놓는다. 다 부서지고 나서야 형태를 갖추어가는 그것을 뭐라고 부를까? 어디 한군데 성한 곳이 없다. 내 손을 보라.

시적 언어 기원론

남승원
(문학평론가)

돌연변이 시인

쓸 수 있는 것을 쓴 시와 쓸 수밖에 없는 시가 있다.
물론, 이 둘을 구별하기는 쉽지 않다. 애써 구별할 수 있
게 되었다 하더라도 시를 감상하는 독자들에게 주는 구
체적 영향과는 별개의 문제이다. 창작의 순간과 관련된
것들에 대한 감상자의 호기심은 언제나 존재해왔지만,
시인에게 작품을 탄생시키도록 이끈 그 무엇이 독자들
에게도 고스란히 전달되는 것은 아니기 때문이다. 생각
보다 자주 잊어버리는 일이지만, 시인과 독자를 나란히
두었을 때 우리 앞에 지금 놓여 있는 한 편의 시, 한 권
의 시집은 언제나 과잉이거나 언제나 결핍이다.

그렇다면, 이런 시인은 어떤가. 첫 시집에서부터 "죽은 뒤에도 시작하는 이야기를/시작하자마자 죽는 이 긴 이야기를"(「에버엔딩스토리」, 『숨쉬는 무덤』, 천년의시작, 2003) 자신의 시 작업으로 명명하면서, 서사적 구조를 가장 근간으로 하고 있는 우리의 인식 기반을 무용지물로 만들어버리는 시인. 또, 이런 것은 어떤가. 어느 날 갑자기 '소설' 쓰기를 선언하고 바로 그 '소설' 안에 다양한 욕망의 현장들을 담고자 하는 야심을 숨김없이 드러내는 시인. 그러다가도 정작 이 모든 것들을 "다음 소설"(「소설을 쓰자」, 『소설을 쓰자』, 민음사, 2009)로 무한정 유예시킴으로써 욕망의 생성이 곧 소멸과 동일한, 그래서 언제나 폐허일 수밖에 없는 지점을 끝없이 반복하는 시인. 이미 오래전부터 과잉과 결핍이라는 시의 운명에 맞서 언어와의 대결을 선택한 이 시인은 어쩌면 당연하게도 김언이라는 이름을 가지게 되었다. 그리고 이제 김언이라는 이름은, 마치 아가미와 폐를 한 몸에 가지고 있는 생물처럼, 고정된 장르로서의 시적 진화에 저항하는 한편 가장 시적인 것을 찾아 시인 種을 거슬러 오르는 자에게 붙는 수사가 되었다.

의미의 감옥

『한 문장』으로 명명된 이번 시집은 '한 문장'으로 수렴되고, 이내 '한 문장' 속으로 사라져버리는 것들을 포착해내기 위한 김언 시인 특유의 긴장감으로 가득하다. 이때 시인이 말하고 있는 '한 문장'이 일정 수준의 완성도를 반영한 결과물 또는 그것을 향해 나아가는 첫걸음으로 오해하는 일이 없도록 주의해야겠다. 이미 계획된 단계 속에서 검증 가능한 과정들이 긴장감을 불러일으킬 수는 없을 테니까 말이다. 그렇다면, 표제작을 통해 이 같은 긴장의 구조를 확인해두는 일이 먼저 필요하다.

자연이 말하는 방식과 내가 말하는 방식이 모두 한 문장이다.
나와 똑같은 인간이 나를 반대하고 있는 사실도 한 문장이다.
따지고 보면 신분 때문에 싸우고 있는 이곳의 날씨와
저곳의 풍토도 한 문장이다.
얼마나 많은 말이 필요할까?
이런 것들을 덮기 위해서
덮은 것들을 또 덮기 위해서
손을 씻고 나오는 사람도
그 물에 다시 손을 씻는 사람도 한 문장이다.

나는 얼마나 결백한가 아니면 얼마나 억울한가

아니면 얼마나 우울한가의 싸움 앞에서

앞날이 캄캄한 걱정 스님의 말씀도 한 문장이다.

옆에서 듣고 있던 격정 스님의 말씀도 한 문장이다.

"흥분을 가라앉혀라."

—「한 문장」 전문

표면적으로 이 작품은 '한 문장'에 다양한 의미를 부여하기 위한 진술들로 구성되어 있다. 가령, "자연이 말하는 방식과 내가 말하는 방식이 모두 한 문장이다"에서처럼 '한 문장'의 의미를 만들기 위한 시인의 의도가 명확하게 드러나 있다. 여기에서 진술 그대로를 참으로 받아들이기 위해선 '자연'과 '나' 모두 각각의 의미 차원에서 '한 문장'으로 고양되는 동일한 수준에 도달했다는 점이 전제되어야 한다. 그랬을 때, 독자들은 조금은 편안해진 마음으로 '한 문장=자연=사람(나)'이라는 보편적 이해의 등식을 수용하고 나아가 '한 문장'의 의미에 골몰할 수 있게 된다.

문제는 바로 이어지는 "나와 똑같은 인간이 나를 반대하고 있는 사실도 한 문장"이라는 다음 진술에 오면, 앞선 이해의 방법이 금세 무용지물이 되어버린다는 점이다. 도식화해보자면 '{나=나(≠나)}=한 문장'정도로 이해해볼 수 있을 다소 복잡한 위상 속에서 결국 '한 문

장'이 내포하고 있는 의미의 정체가 모호해지고 만다. 좀
더 단정적으로 말해서, 「한 문장」의 진술들은 읽어가면
서 자동적으로 축적될 수밖에 없는 보편적 인식 구조의
생성을 저지하기 위한 역할로만 존재한다. 행이 거듭될
수록 '한 문장'의 의미 범주 안으로 '날씨'나 '풍토' 또는
'(상반되거나 연속된) 행위, 내면적 고민' 등이 포함되면
서 이는 심화된다. 문장과 행의 중첩으로 의미를 형성하
는 익숙하고도 오랜 구조가 점차 힘을 잃게 되는 것이다.

물론, 이 같은 방식이 한국 시에서 그리 드문 일은 아
니다. 시의 언어 역시 은유와 환유의 두 축으로 구조화
된 체계에서 크게 벗어나지 않는다면, 의미 형성의 간극
을 넓히는 일은 그 체계 안에서 '진정한 의미'를 찾아가
는 가장 강력한 방법으로 종종 사용되어왔다. 유사성과
인접성의 원리에서 최대한 멀어진 곳에 존재하는 언어
들의 경쟁인 선문답과 유사한 형태에 이를 때까지 말이
다. 김언의 '한 문장'이 결국 "스님의 말씀"에 도달하게
된 것도 언뜻 같은 방식으로 보인다. 직접 인용되어 있
는 시의 마지막 구절인 "흥분을 가라앉혀라"에 최소한
구조적으로는 '한 문장'의 의미가 집약된 것처럼 보이기
때문이다.

일반적으로 화두는 발화자의 권위 내지 선각자로서의
지위와 강력하게 결부됨으로써 수신자에게 의미 탐색의
계기를 제공한다. 하지만, 여기에서는 화두와 상반되게

보이는 발화자의 이름('격정')으로 인해 그 연결 고리가 느슨해지면서 발화자의 권위가 상실되고, 결국 화두 그 자체에 대한 의심으로 독자들을 이끈다. 이처럼 「한 문장」은 우리가 대상을 인식하고 판단하는 의미화 단계를 고스란히 밟아나가면서도, 그 끝에서 다시 의미 형성 이전의 원점으로 되돌아가게 만드는 운동성을 보여준다. 앞서 말한 '긴장의 구조'는 바로 여기에서 비롯한다.

시인은 1부에 배치된 작품들을 통해 이와 같은 방식을 집중적으로 반복함으로써 독자들에게 자신의 의도를 명확히 드러내고 있다. 제목이 지시하고 있는 상황의 한순간에 보다 세밀하게 집착하고 있는 「폭발」이나 「균열」 같은 작품이 그렇다. 이 작품들은 '폭발'이나 '균열'이 일어나고 있는 각각의 상황에서, 그것을 발생시키지만 이내 사라져버리고 마는 세부 조건들을 좀더 극대화하는 데에 집중한다. 이로 인해 상황의 인과관계는 삭제되고, 마침내 폭발이나 균열로 인한 힘의 진공상태에 도달한다. 특히 「중」「그 생각」 그리고 「중지하는 사람」의 경우 언어 문법적 상황이 적극적으로 활용되고 있는데, 「중」에서 어떤 상태나 시간의 범위를 명확히 만드는 어법적 기능으로서의 '중'을 정확히 그것과 대척되는 방식으로 사용하는 것이 그 단적인 예이다. 오랜 시간 언어에 축적되어온 의미들을 거부하고 흩뜨려놓음으로써 시 문학의 가장 근본적인 차원에까지 이르고자 하는 시인의 의도를 짐작하게 만든다.

　의미화의 흐름에서 비껴나 있는 김언의 시는 언제나 "지금"(「지금」)의 자리만 차지하고, 더 이상 의미를 축적해나갈 수 없는 독자들을 어떤 자의적 관계에서도 자유로워진 '지금 – 의미' 그 자체 안으로 불러들인다. 이 시집을 읽는 내내 이제 막 읽고 난 작품의 처음으로 돌아가 다시 한번 읽는 행위를 지속하게 되는 다소 난감한 경험도 이 때문이다. 다음의 작품에서 이 경험을 조금 더 구체적으로 살펴보자.

　내가 없다면 누가 있겠는가. 이렇게 말하는 내가 없다면 이렇게 묻는 누가 있겠는가. 누가 있어서 내 말을 하겠는가. 누가 있어서 내 말을 온전히 받아낼 수 있겠는가. 누군가는 한다. 일부라도 한다. 내 말의 일부이자 네 말의 일부이자 자기 말의 일부로서 그가 존재한다. 마치 내가 존재하듯이. [……] 눈과 함께 내리는 눈의 일부를 받아 적는 여러 사람의 손이자 단 한 사람의 손놀림. 비와 함께 내리는 비의 전부를 받아쓸 수 없는 단 한 사람의 손이자 모든 사람의 기록으로 비가 온다. 눈이 내린다. 내가 없다. 그럼 누가 있겠는가.

　　　　　　　　　　　　　　　　　—「내가 없다면」 부분

　먼저, 김언의 시를 부분적으로 살펴보는 일에 조금

은 주의를 해야 한다. 여기에 있는 시들은 대부분 일반적 차원의 의미 구성에 무관심하지만, 아이러니하게도 문장 형태상 강력한 인과의 연쇄를 이루고 있다. 따라서 읽기를 멈추고 부분을 확대하게 되었을 때, 우리는 애써 발을 들여놓게 된 '의미' 바깥의 결핍으로 내던져지거나 '의미'의 과잉만 경험할 수 있기 때문이다.

그럼에도 작품에서의 가장 앞과 뒷부분만 옮겨 확인해보고자 하는 것은, 작품을 구성하는 문장 전부가 서로의 질문과 대답으로 연결되어 있다는 점이다. 작품의 문장들 전부는 처음에 던져진 질문, 즉 "내가 없다면 누가 있겠는가"로 촉발된 것처럼 보이기도 하지만, 다시 거꾸로 마지막 두 문장의 "내가 없다. 그럼 누가 있겠는가"를 질문으로 삼는다 해도 첫 문장, 나아가 전체 문장과 자연스럽게 맞닿아 있다.

마치 도돌이표를 사용한 것처럼 지속적으로 반복되는 구조 속에서 자연스럽게 질문과 대답의 구별은 불가능해지고, "누가 있겠는가"라는 질문에 대한 해답 찾기로서의 의미 탐색도 곧 중지된다. 그랬을 때, 우리는 이 시를 다시 한번 읽어가면서 "그가 있음을 증명하는 방식"으로 존재하는 '나'를 불현듯 발견하게 된다. 주체를 찾아가는 방식이 어쩔 수 없이 일방적이고 폭력적인 구조를 생산한다면, 타자를 인정하고 또 타자와의 관계를 통해서만 존재 가능한 수평적 네트워크 형태로 전환되는 것이다. 질문을 촉발시키는 문장들의 숲에서 벗어나 마치 예언과도 같은 확신으로 이루어진 단 두 문장, "그 손과 함께 내 손이 있다면 일부라도 있다면 네 손 역시 독창성에서 한없이 자유로운 범사가 되리라. 범사의 일부를 이루는 고유한 익명이 되리라"를 만나게 되는 것도 바로 이와 같은 네트워크 속에서 가능해진다. '그'와 '나'가 서로의 구성 조건이면서도 공동의 영역 안에서 기댄 존재들에서 벗어나, 이른바 '절대적 바깥'과 관계 맺으며 말 그대로의 '자유'와 '고유'로 존재하게 되는 것이다. 그렇다면, 우리는 이 작품을 주체의 의미에 대한 문제 제기가 아니라, '(서정적) 주체'의 죽음에 대한 김언 시인의 선언으로 이해하는 것이 마땅하다.

가능성으로서의 시적 구조

김언 시인의 전략이 조금은 더 분명해졌다. 어떤 시인도 자신만의 의미를 붙들기 위한 싸움을 마다하지 않겠지만, 김언의 경우 그 승패 여부에 매달리는 것이 아니라 대결의 무효를 주장하고 나선다. 싸움의 속성이 그렇듯, 승부가 끝나지 않은 상황에서의 일방적인 종료 선언은 싸움의 지속보다 오히려 위태로운 상황을 초래한다. 승리와 패배가 명확해야만 하는 현실에서, 승부가 유예되고 결과물에 대한 손익계산이 불가능해지는 상황은 곧 세계 전체의 실패와 동일한 의미이기 때문이다. 이처럼 우리가 기대고 있던 의미 구조의 재편을 필연으로 이끄는 김언의 전략은 두 가지의 구체적 방향성을 갖게 된다. 상징적 언어 체계로 유지되어온 방식의 해체가 그 첫번째이다.

나는 슬퍼하고 있고 슬퍼지고 있고 슬프고 있고 그래서 슬프다. 사이사이 다른 감정이 끼어든다. 영원히 지속될 것처럼 기쁨이 있고 환희가 있고 절망이 있고 분노가 있고 비굴함이 있고 순식간이 있고 나는 다 빠져나왔다. 다 빠져나와서 빠져 있다. 사이사이에 낀 찌꺼기를 빼내려는 노력도 빠져 있다. 한꺼번에 들어가 있고 조금씩 나오고 있고 구석구석 빠지고 있고 겁에 질리고 있다. 고뇌에 차고 있고 소름 끼치고 있고 해롭고 있다. 그것은 불안인가? 불안하려고 있다. 불안하고자 있다. 비참하고자 있고 참담하고자 있고 담담하고자 있었다. 그것을 슬퍼하고자 있는 사람에게 슬퍼하려고 있다. 슬퍼하려는 공간에 있다. 가득하려는 공간에 있다. 그래서 슬픈가? 나는 다 빠져나왔다. 다 빠져나와서 비고 있다. 죽은 것이 죽고 있다.

———「있다」전문

존재를 이해하는 가장 손쉬운 방법 중의 하나는 어떤

136

상태와 결부시켜 보는 것이다. 이 작품의 도입에서 확인할 수 있는 것처럼 슬픔의 상태는 곧 '나'를 말해주고 있다고 믿게 된다. 하지만, 시인이 제시하고 있는 첫 문장에서 '나는 ~ 슬프다'의 구조에 조금 더 집중해보자. '슬픔'이라는 어떤 상황도 사실은 현재 진행 중이거나, 이제 막 그 상황에 도달했을 뿐일 수도 있고 아니면 또 다른 무언가와 동시에 이루어질 수도 있다는 것을 알게 된다. 어떤 상황이 비록 존재와 결부되어 제시되고 있을지라도, 그것은 존재의 전부가 아니라 언제나 여러 복합적 맥락의 일부분 내지는 한순간에 지나지 않는다. "슬퍼하고 있"는 상황 속에서도 "사이사이 다른 감정"들이 얼마든지 개입될 수 있는 것처럼 말이다. '기쁨, 환희, 절망, 분노, 비굴함' 등 실제 여러 감정들이 개입된 이후 나오게 된 진술("나는 다 빠져나왔다")은 다양한 가능성을 고려했을 때 비로소 맥락 뒤로 가려지지 않은 '나'를 발견한 것으로 이해할 수 있다. 그리고 상황을 통해 존재에 주목했던 만큼 우리는 그간 오해 속에서 의미를 받아들여 왔다는 점을 깨닫게 된다. 다른 것들이 일체 개입되지 않고 실제 존재의 전부로 이해할 수 있는 유일한 상황인 '죽음'까지도 포함해서 말이다.

흥미로운 사실은 이 모든 것이 '있다'는 단어에 내재되어 있는 두 가지 속성, 즉 일정 공간에서 벗어나지 않고 머물러 있는 상태를 가리키는 동사적 속성과 어떤 것들이 실제 존재하는 상태나 발생 가능성을 말하는 형용사적 속성을 구별 없이 사용하는 아주 간단한 방식만으로도 발생되고 있다는 점이다. '있다'라는 동일한 제목으로 한 편의 시가 더 배치되어 있는 것 역시 이 방식을 좀더 심화시키고 있다. 단어에 담겨 있던 여러 속성들을 해체하는 한편, 시인은 이제 자신이 막 의미로부터 자유를 선사한 그 단어를 두 편에 동일한 제목으로 사용함으로써 하나의 작품이 하나의 완결된 의미를 지향하는 시 문학의 오랜 이해 방식마저 해체한다. 이를 통해 '존재＋상태' 또는 '제목＋내용'의 공식처럼 오랜 시간 동안 강력하게 작용되어온 인식의 도구들을 근본적인 차원에서 무용지물로 만드는 언어의 문제로 전환된다. 뒤에서 더 자세히 살펴보겠지만, 김언 시인이 이 시집을 통해서 '언어'에 대해 강한 집착을 드러내고 있는 이유도 여기에서 기인한다.

안정적으로 답을 구할 수 있었던 맥락에서 벗어나 인과적 단계를 밟아가고 있던 방향성에서 스스로 내려온다는 것은 막연한 두려움만 남는 일일지도 모른다. 가령, 「완제품」에서 의미의 범주를 완전히 소거시킴으로써 제품('유리컵')을 완성시키는 구성 성분들에 부여한 자유가 의미들의 경계면에서 충돌과 혼란을 일으키게 되는 것이 그렇다. 하지만 우리들의 두려움 역시 정해진 답으로 인해 유발되는 것이라고 한다면, 결국 목적이 정해져 있지 않은 의지야말로 그 자체로 무한한 가능성과 결부될 수도 있을 것이다. 「자유의지」에 드러나 있는 상황처럼 말이다.

　나는 내 의지로 거기 있다. 거기서 헤어 나오질 못하고 있다. 순전히 내 의지로 조종당하고 있다. 순전히 내 의지로 사경을 헤매고 있고 순전히 내 의지로 기적에서 깨어났다. 순전히 내 의지로 눈이 내린다. 순전히 내 의지로 모르는 명단에 있다. 거기서 정착하는 일이 얼마나 부질없고 힘든 일인지는 순전히 내 의지로 모른다. 알아봤자 모르는 사람들이 순전히 내 의지로 들어왔다가 나간다. 순전히 내 의지로 기억되고 있다. 순전히 내 의지로 줄을 서고 멈출 수 없다. 순전히 내 의지로 기차가 온다. 순전히 내 의지로 버스는 출발했고 비행기는 멈춰 있다. 순전히 내 의지로 무관하고 무의미하고 무성의하고 어쩐지 축제 같다. 아침마다 오는 발기의 순간도 순전히 내 의지로 감퇴했다. 짜릿하게.
　　　　　　　　　　　　　　　　　　—「자유의지」 전문

　이 작품에서 시인은 시종일관 자신의 '의지'를 반복해서 주장하고 있지만, 실제 작품의 내용에 서술되고 있는 행위들은 정작 의지와 무관하게 일어나고 있다. 예를 들어 "순전히 내 의지로 사경을 헤매고 있"다는 문장에서

볼 수 있는 것처럼, 시 안에서 '순전히'를 통해 강조되고 있는 '의지'는 오히려 자신의 작동이 가장 불가능한 상황과 맞닿아 있다. 눈여겨보아야 할 것은 바로 이 '의지'가 일상적 의미에서의 해방을 촉구하는 하나의 오브제가 되는 방식이다.

처음에는 '의지'를 둘러싸고 그것을 작동시키는 힘과 '의지'를 무력화시키는 힘들이 부딪치면서 말 그대로의 '자유의지'로 변모된다. 가령 "내 의지로 조종당하고 있다"는 문장에서 '의지'에 투영되는 힘의 방향과 "조종당하"는 힘의 방향은 서로 정반대라고 할 수 있다. 문맥상으로도 자신의 의지에 조종당한다는 말은 이치에 맞지 않는다. 따라서, '나⇒×⇐조종'처럼 '내 의지'가 전달되는 힘의 방향과 '조종'당하는 힘의 방향이 서로 맞부딪치는 그 자리에 힘의 공동空洞 상태가 생겨나게 된다. 바로 이렇게 발생된 공간에 오브제로서의 의지 ×, 시인의 말을 그대로 따르자면 이른바 '자유의지'가 발현되는 것이다. 시 전체가 거의 비슷한 문장 구조로 되어 있다는 점을 감안한다면, 결국 이 작품은 '자유의지'를 무수히 내포한 다공성 구조물로 만들어졌다고 할 수 있다.

대상과 목적이 무화된 이 가능성의 구조물은 의도치 않았던 부정적 결과나, 또는 "기적"과 같은 일방적 우연 모두로부터 벗어나 "**무**의미하고 **무**성의"(강조는 인용자)함에도 불구하고 "어쩐지 축제 같"은 "짜릿"함을 예비하게 된다. 이것은 무의식적인 차원에까지 이르는 맥락들에서 결코 자유로울 수 없는 언어의 해체와 더불어 시적 대상을 오브제로 만들기 위한 시인의 노력으로 인해 결국 언어 자체에 덮여 있던 인식의 한계가 벗겨지는 데서 오는 '짜릿함'과 다르지 않다.

인식의 한계를 자각하는 동시에 그것을 벗어난 '짜릿한 가능성'에 대한 주목은 일련의 예술가들에 의해 '상황주의자 인터내셔널Situationist International'이 성립된 시기까지 거슬러 올라갈 수 있다. 전후 아방가르드적인 예술운동의 연장선상에서 탄생한 상황주의자들은 자본과 결합된 '의미'가 스펙터클화하면서 강한 위력을 행사하던 당시의 흐름을 비판하기 위해 이 같은 '가능성'을 제시했다. 세계 전체가 자본주의적 교환 질서의 체계로 급속히 일원화되어가던 시기에, 그들은 일방적 맥락 속에 머무는 수동적 존재가 아니라 스스로 삶의 계기에 따른 환경을 구축하고 또 이것을 좀더 상위의 열정적인 상태로 전환시키고자 했던 것이다. 그것이 바로 '삶의 계기에 따른 환경', 즉 '상황'의 구축이며, 이것이야말로 기존의 인식 범주를 지속시키는 '맥락'과 결별하는 한편, 특정한 행동의 개입이 가능한 운동성을 보장할 수 있는 유일한 가능성이라고 믿었다.

김언의 작업이 이들의 모습과 상당한 친연성을 유발시키는 또 하나의 이유는, 앞선 작품들에서 확인해본 것처럼, 의미의 위계에서 벗어난 각각의 문장들이 자유롭게 접속 가능한 네트워크 형태를 만들고 있기 때문이다. 실제로 상황주의자들의 실험은 대부분 구체적인 (도시) 공간을 대상으로 했는데, 개인의 일상적 삶과 유리된 채 비대해져가는 도시의 구조에서 벗어나 직접적인 참여와 실험적인 놀이의 가능성을 제안하고자 했던 것이다. 그들의 공간 탐사 방법을 '표류dérive'라고 불렀던 것처럼 김언의 시 역시 우리를 문장들 사이에서 '표류'하게 만들고, 이로 인해 시간과 문맥이 결합된 인과적 흐름 속에서 의미를 받아들였던 기존의 수동적 독서 경험을 불가능하게 만든다. 이처럼 『한 문장』은 그간 묵인되어온 시적 구성물들을 근본적인 차원에서 재조합하고 있다는 점에서 실험적이라고 할 수 있다. 돌이켜보면 그의 시 쓰기가 언제나 그래왔던 것처럼 말이다.

다시, 김언이라는 운명

1866년 파리언어학회는 언어의 기원과 관련된 주제를 더 이상 다루지 않겠다는 세부 규칙을 만든다. 인간 언어의 기원을 소급하는 것이 더 이상 과학적 방법으로 이루어질 수 없다고 판단했기 때문이다. 언어의 역사적 변형태들을 따라 기원을 추적해나가는 일은 마치 화석으로 원형을 추측해보는 일처럼 여러 현실적 한계에 부 딪히는 것이 당연해 보인다. 특히, 단순한 감정을 표출 하기 위해 발생한 것이 이성적 조직화를 따라 발전했다 는 언어학적 관점에서 감정과 결부된 언어의 기원적 모 습은 비과학적으로 보일 수밖에 없다. 하지만, 시인의 언 어를 인간의 최초 언어로 여겼던 루소 J. J. Rousseau는 지 금의 언어가 오히려 감정과 결부되었던 언어의 타락이 라고 여겼다. 시적 언어가 가지고 있던 '생기de la force' 가 삭제되어버렸다는 것이다. 그렇다면, 이성적 조직화 에 저항하면서 인간의 내면과 직접 맞닿고자 하는 욕망 을 원천으로 하고 있는 시적 언어는 기원의 모습을 그대 로 간직하고 있는 셈이다. 현실적 의미 구조의 재편을 위 해서 인간 언어의 최초 모습이자 동시에 시적 언어의 기 원을 향한 탐구가 김언의 두번째 전략으로 여겨지는 것 이 당연한 이유이다.

해는 희다가 생겨났다.
불은 붉다가 밝다가 생겨났다.
놋쇠는 노랗다가 누렇다가 눌어붙으면서
생겨났다. 노을은 노랗거나 누렇거나 검붉거나
걸어가다가 생겨났다. 그믐은
눈을 감다가 생겨났다. 검정이 대부분을 차지하다가
생겨났다. 풀은 푸르고 꽃은 피다가 생겨났다. 잎도 생겨났다.

　한 포기씩 두 포기씩 더 많은 연기가

　올라가다가 생겨났다. 그 검댕이

　그을다가 생겨났다.

―「어원」 전문

　인간 최초의 언어가 '정념passions'에서 비롯되었다고
했을 때, 어떤 대상을 처음 지칭해야 되는 순간 대상의
이름보다 그것과 관련된 상황이나 느낌이 앞섰을 것은
당연하다. 품사의 탄생으로 비유하자면, 동사나 형용사
가 명사에 우선했다고 생각할 수 있다. 고정된 대상이라
고 할지라도 그와 연관된 주변 상황들이 끊임없이 변화
하는 가운데 이름은 지속적으로 유예될 수밖에 없었을
것이다. 시간이 흐른 뒤 이성적 소통을 위해 이름을 부르
게 되었지만, 결국 그 뒤로는 무수히 많았던 상황들과의
단절이 숨겨져 있는 셈이다.

　처음의 구절에서부터 마지막에 이르기까지 이 작품은
이름에 가려져 있었던 상황들을 되살려내고 있다. 가령,
우리는 '해'와 연관된 색의 범주에서 흰색을 쉽게 떠올
리지 않지만, '해'라는 이름이 탄생하기 이전이라면 그
어떤 색으로도 표현하는 것이 가능했을 것이다. 하지만,
"해는 희다가 생겨났다"는 구절에서 시인이 암시하고
있는 것처럼, '해'에게 이름을 넘겨주게 되면 오히려 자

신의 모습을 잃게 되었을지도 모른다. 이어지는 '불, 놋쇠, 노을' 등도 마찬가지이다. 결국, 대상은 이름을 얻게 되지만 거기에는 다양한 색과 상태가 어우러진 '생기'를 잃게 되는 언어의 역사적 과정이 고스란히 드러난다. 이처럼 김언 시인에게 '어원'의 탐색은 대상을 좁혀가는 것이 아니라 누락되었던 것들을 다시 살려내는 복원을 의미한다. 작품에서 "생겨났다"는 구절이 반복되고 있는 것도 같은 이유 때문이다.

「북방의 말」이나 「내가 말하는 동안」에서 시인이 보여주고자 하는 것 역시 이와 직접적으로 연관되어 있다. 현재의 언어가 추론의 과정을 통해 소통된다면, 시적 언어는 이와 다르게 자연의 목소리 그대로를 닮아 있다. 루소는 이를 다시 지역적 조건과 결부시키면서 남방과 북방의 언어로 구별하기도 했다. 간략하게 비교하자면, 기후가 비교적 좋은 남방의 언어는 먼저 정념이 발생한 이후 필요에 따라 만들어진 것('나를 사랑해주세요')이며, 척박한 자연환경의 북방에서 발생한 언어는 정념 자체가 필요에 의해 만들어진다('나를 도와주세요'). 김언의 경우 특히 절박한 필요에서 나오는 "추운 말"을 선택하고, 이어 "더 추운 말"을 할 수 있는 조건으로의 이동을 스스로 다그치고 있다(「북방의 말」). 시인에게 현실 논리를 완전히 벗어난 내면의 언어에 대한 탐색은 그만큼 절박한 일인 것이다.

이 시집에서 작품이 하나의 완결된 의미 단위로 기능하지 않는 것도 시적 언어의 기원을 탐구하고자 했던 시인의 절박함 때문이다. 김언은 문장 간의 인과관계에는 무관심한 채, 끊임없이 지속·반복되는 구조를 통해 현실의 의미 체계를 뛰어넘고자 한다. 따라서 김언의 시들은 문장 단위에서 언제나 의미의 과잉이며, 작품 전체의 차원에서는 언제나 의미의 결핍이다. 의미를 추론해야 하는 현실 언어의 관점에서 이것은 말 그대로 현대시의 운명에 내재된 소통의 불가능 상황이다. 하지만, 김언을 따라 '생기'를 회복해가는 언어의 과정에서라면, 발신과 수신의 관계가 무화되어 자유롭고도 고유한 형태로 존재하는 가능성의 모습이기도 하다. "빈틈없이 완벽할 수 없다는 점에서 완벽"한 이 가능성은, "결함투성이 천체 지도"를 끊임없이 그려나가는 일(「강철보다 단단한 밤하늘을 별은 어떻게 운행하는가?」)처럼 김언이라는 이름에 부여된 운명이다. ▨